目次

七里ヶ浜の姉妹

梢　6歳
若葉　4歳

第一章　海が見つめる町

ゴールデンウィークが明けると、車のサンルーフから入る日差しが強くなった。横長に切り取られた青空を見上げたまま、梢は目を細める。朝になっても見える星はないかと探してみたが、見つからなかった。昨日、ペンギン保育園で「こずえちゃんのウィンクは両目つぶってるね」と名前もまだ覚えていない同じクラスの子に言われたことを思い出し、細めた目を片方だけ大きくひらこうと努力したが、できない。目尻《めじり》の上がったあの子にまた「ウィンクしてみて」と言われたらどうしようと、気が重くなる。

「パパ、あつい。上しめて。クーラーつけて」

耳許《みみもと》で若葉の声がして、梢は右隣を見た。梢と同じく座面のみのチャイルドシートに座った四歳の妹がふんぞり返っている。

運転席で〝ビートルズ〟という外国の人達の歌を調子っぱずれに口ずさんでいた声が止《や》み、素頓狂《すっとんきょう》な叫びがあがった。

「えーっ。湘南《しょうなん》の空と風を存分に浴びるために、わざわざサンルーフ付きの車に買い替えたのにぃ？」

「〝ぞんぶん〟って、なあに？」

「え？　えーっと——思いっきり、とか？　まあ、そういうニュアンスの言葉だ、うん」

「〝にゅあんす〟って、なあに？」

若葉の追及に、父の幹彦《みきひこ》は「まいったね」と明るい色に染めたばかりの髪を掻《か》く。保育園に行ったら先生に〝存分〟の意味を聞いてみようと、梢は思った。

若葉はサンルーフの件はもうどうでもよくなったようで、隣で「ぞんぶん」「ぞんぶん」と騒ぎ出す。幹彦がバックミラー越しに若葉、それから梢を見て、すっと息を吸い込んだ。梢は父が次に何を言おうとしているか、わかる。

「コ、コ、コロママゲームする人、手ぇあげてー」

梢が予想した通りの言葉が発せられ、若葉は「はい！」とふっくらした手を高々とあげた。梢が若葉の手の甲にできたえくぼをぼんやり眺めていると、幹彦と若葉から同時に尋ねられる。

「おねえちゃんは？」

「――やる」

梢は「折れそう」とよく言われる細長い手を、するりとあげた。

コロママゲームは、あの頃、ママは何をしていたか？　と想像するゲームだ。〃あの頃〃といっても、時代や時間に限定せず、設定そのものを考えていいことになっている。梢がお題を出す権利を若葉に譲ると、若葉は丸い頰《ほお》を輝かせ、運転席に向かって叫んだ。

「はくちょうだったころ、ママは何してた？」

しばらく沈黙があった。「パパ？」と梢が促《うなが》すと、幹彦はハンドルを握りながら口笛を吹く。

「わかってる。えーと、ちょっと待てよ。今、思い出してるからな」

想像するゲームなのに、幹彦は必ず「思い出す」という言葉を使った。

「よし、思い出した。白鳥だった頃、ママはいつも海を越えた。太平洋、大西洋、日本海、インド洋に北極海――どんな海もひとっ飛び。地球を何周だってまわれた」

車は細い道を抜けて左折し、七里《しちり》ヶ浜《がはま》の海を背負って直進する。さっきまでの賑《にぎ》やかさが嘘《うそ》のように静まりかえっていく車内で、真剣に耳を傾けている姉妹の顔をバックミラー越しに眺めて幹彦は笑い、思い出を話しつづけた。

「ある日、さすがに疲れた白鳥は、一軒の家の戸を叩《たた》いた。住んでいたのは、パパ。飛びつづけてお腹《なか》の空《す》いた白鳥に、ごはんを作ってあげた。高菜と梅の炒飯《チヤーハン》な」

「タカナとウメのチャーハン、わたしも好き！」

　梢は思わず口を挟む。若葉が負けじと大きな声で「ワカも」と追いかける。幹彦は「パパも」と嬉《うれ》しそうにうなずいた。

「白鳥も炒飯が大好きになったみたいだ。とてもおいしかった、お礼の気持ちですって、自分の真っ白な羽根でダウンコートを仕立ててくれた。羽根を抜いたら、白鳥は飛べない。パパと暮らすようになり、梢と若葉のママになったとさ。めでたしめでたし」

　幹彦は言葉を切ると、ウィンカーを出す。梢達の乗った車は左折してふたたび細い道に入り込み、駐車場へと滑り込んだ。この春、七里ヶ浜に越してきた三雲《みくも》家の姉妹が通いはじめたばかりの、ペンギン保育園に到着だ。

　幹彦は姉妹それぞれのクラスで、着替えの補充やお昼寝布団のカバー替えなど朝の支度を手早く済ませると、梢に声をかけた。

「ほんじゃ、またあとで。若葉をよろしくな」

　幹彦は若葉に「梢をよろしくな」とは絶対言わない。それは梢が姉で、若葉が妹だからだとわかってはいても、梢は不満だった。二歳違いの姉妹の背丈はほとんど同じだ。体格は若葉のほうがいいくらいで、力も強い。態度も大きく、口も達者だ。姉妹喧嘩《げんか》では、ずいぶん前から梢が負け通しだった。

　――わたしもおねえちゃんがほしかったなあ。

梢が理想のおねえちゃんを頭に描いていると、後ろから声がかかった。

「梢ちゃん、本当に描き直すの?」

振り向けば、髪をおだんごに結んだクラス担任のクミ先生が、画用紙を持って立っている。昨日、梢が午後一番に完成させ、幹彦が迎えに来る直前に「やっぱり、かきなおしたい」と申し出た絵だ。

梢は今の今まで忘れていたが、いったん思い出すとやはり気になる。「かきなおす」と答え、クミ先生が持ってきてくれた絵は小さく折り畳んでスウェットのポケットに突っ込んだ。クミ先生はちょっと困ったような笑顔を作って言う。

「じゃあ、新しい絵が描けたら、先生のところに持ってきてね。今日の給食の時間、先生達がみんなの絵をオープンスペースに貼り出す予定だから」

梢はうなずき、クレヨンの置かれた棚に向かう。クミ先生の声が後ろから飛んだ。

「亜麻音《あまね》ちゃん、そっちのクレヨンを梢ちゃんに貸してあげて」

クレヨンの棚の前で絵を描いていた女の子が顔を上げる。目尻の上がったその顔を見て、梢の足が止まる。女の子の機嫌を探りながら、ようやく覚えた名前をおずおずと口にした。

「あまねちゃん——おはよう」

「きのうの絵、かきなおすの?」

梢がうなずくと、亜麻音は尖《とが》った鼻先をつんと上に向け、共用で使うことになっている三十六色入りのクレヨンの大きな箱を突き出した。

「きょうはふざけないで、ちゃんとかきなよ」

――きのうの絵もふざけてないよ。

口に出せなかった一言は、熱を持って梢の胸の中に溜《た》まる。亜麻音が訝《いぶか》しげな顔をしたので、梢はあわててクレヨンの箱を受け取った。


昼休みがはじまり、園庭に子ども達の声が響き渡る。小食な梢は今日もおかずとごはんを半分ずつ残し、クミ先生に「明日は全部食べられるといいね」と励まされた。銀紙に包まれたプロセスチーズまで残していることを知られたくなくて、スウェットのポケットにこっそり忍ばせる。

若干の後ろめたさを抱えながら園庭に走り出ていく途中、梢は園舎の一階部分につくられた吹抜のオープンスペースで遊んでいる若葉の姿を見つけた。同じクラスらしき何人かの女の子や男の子と楽しげに喋《しゃべ》っている。

――ほらね。わたしにたのまなくても、若葉はだいじょうぶだよ。

梢は心の中で幹彦に言った。若葉と目が合ったが声はかけず、一人で「ロケット」と園児達が呼ぶ遊具のてっぺんを目指す。ロープやボルダリングばりの壁のぼりで苦労して辿《たど》り着くそこからは、七里ヶ浜の海がよく見えた。

やんちゃな男の子達の横入りを許し、一度は壁から落ちて列の最後尾に並び直しながらも、梢は初志貫徹でてっぺんに立つ。きらきら光る海を見つめて深呼吸していると、下から声がかかった。

「こずえちゃん、もうすぐ昼休みがおわるよ。おりといで」

亜麻音の目はふだんよりさらに目尻が上がったように見えて、梢はとっさに聞こえないふりをした。そこへ昼休み終了を告げる音楽が鳴りだす。園児達は我先にとロケットを降りていった。梢は亜麻音の前に出たくなくて、ロケット内部に渡してある板の端っこにしゃがんで身を隠す。そのうち音楽が止んで亜麻音を含めた園児達の姿が見えなくなると、今度は一人だけ遅れてクラスに入るのが恥ずかしく思えてきた。

梢はロケットの丸い窓からこっそり外を覗《のぞ》く。園庭の砂場で白っぽい鳥が遊んでいる。園舎の中からは園児達の声が響いていた。さっきまで園庭であがっていた声だ。そこに加われなかった焦りと心細さが、梢の体をじわじわ這《は》いのぼってくる。

体育座りになった梢は、膝《ひざ》に額をつけてうなだれた。

——こんなはずじゃなかった。

昨日も同じ気持ちになったな、とぼんやり思い出す。そのときから体の中に溜まりつづけている熱が、眉間《みけん》まで一気にせり上がってきて目の縁《ふち》が熱くなった。梢はあわてて立ち上がり、丸い窓を覗く。すると正門の前に立つ小さな人影を見つけた。

――若葉？

窓に顔を近づけて、よく見てみる。間違いない。あの後ろ姿は若葉だった。今朝、「動きづらいよ」と幹彦や梢に何度言われても「この服がいい」とけっして着替えようとしなかった赤いワンピースが目立っている。

若葉は門に足をかけて、一心不乱によじ登ろうとしていた。何度か空を切った足がようやく置き場を見つけたとたん、握力のほうが限界を迎え、手が離れてしまう。すてんと仰《あお》向《む》けに転んだ若葉を見て、梢は思わず声をあげた。

「あぶない！」

梢は急いで遊具の内部に作られたのぼり棒を滑りおり、ロケットから出た。腰を低くして園庭の端を走り抜ける。幸か不幸か、正門前に着くまで誰にも見つからなかった。

「若葉、おねえちゃんだよ」

梢がささやき声で話しかけると、登ろうとしては落ちるを繰り返していた若葉が、怒り顔で振り向いた。人の好いタヌキのような丸っこいたれ目のため、睨《にら》んでも今ひとつ迫力に欠ける。「切れ長」「涼しげ」と言われることの多い梢とはまったく違う目元だった。

梢が言葉を探している間に若葉はぷいと顔をそむけ、ふたたび門に手と足をかける。

「家にかえりたいの？」

梢が問うと、若葉は門を見たまましばらく考え、首を横に振った。

「パパに会いたくなった？」

今度はすぐに強くかぶりを振って、若葉はきっぱり言う。

「ここに、いたくないだけ」

梢は目をしばたたく。サンルーフから入る日差しのように、若葉がまぶしく見えた。そんな梢を尻目に、若葉はまた門をよじ登ろうとする。しかし、これまでのチャレンジで腕の力はすでに限界を迎えているらしく、なかなか体が引き上がらない。重力に従ってずるずると落ちはじめた若葉の尻を、梢はとっさに背中で受け止めた。

「おねえちゃん？」

「ささえてるから、早くのぼって。いっしょに行こう」

梢はふらつく足を踏ん張り、渾身《こんしん》の力で若葉の体を持ち上げる。若葉は短い足を掻くようにして懸命に門を跨《また》ぐと、両手をあげて外の地面に飛び降りた。つづいて、梢も門に飛びつく。身長は変わらないのに、苦戦した若葉とは違って、すんなり登れた。

先に降りた若葉が、門の外から梢を見上げて聞いてくる。

「なんで、おねえちゃんも来るの？」

「――おねえちゃんだからだよ」

梢の返事に、若葉の大きなたれ目がさらに大きくなった。わたしもここにいたくないからという本音を見透《みす》かされる前に、梢はあわてて付け足す。

「パパにたのまれたから。若葉をよろしく、って」

若葉は唇をへの字に曲げたものの、姉が門から飛び降りるのをおとなしく待っていた。

＊

ペンギン保育園から一メートルでも遠くに行こうと、梢と若葉は駆けに駆けた。平日昼下がりの七里ヶ浜の町はおそろしいほどに静まりかえっている。車はときどき行き交ったが、人の姿は見えなかった。

先に息が上がったのは、若葉だ。

「もうやだ。はしれない」

「はしって！　先生たちに見つかったら、ほいくえんにもどされるよ」

梢にそう言われると、若葉は「やだあ」と叫んで、足を完全に止めてしまった。梢も仕方なく歩をゆるめ、はたと気づく。

——ここ、どこ？

梢の記憶にない住宅が並んでいた。あわてて周囲を見回した梢は、道路を挟んで斜め向かいの土地に住宅がなく、鬱蒼《うっそう》とした茂みが覗いているのを見て、足を止めた。

「トトロの森じゃない？」

若葉がくだんの茂みを指さし、嬉しそうに言う。梢はかぶりを振って「入ったらダメ」

と強い調子で止めた。たちまち若葉はむくれ顔になり、口を尖らせて聞いてくる。

「じゃあ、これからどこ行く？」

梢は庭にブランコのある家と屋根に風見鶏《かざみどり》の立つ家に挟まれた十字路まで駆け上がり、見知った家がないか、伸び上がって探した。が、やはりない。どうしよう、と涙目になった梢の視界の隅に、きらりと輝く何かが入ってきた。坂の下に覗く小さくて青い逆三角形。町のどこにいたって、坂道をおりれば必ず辿り着ける場所。

「海！」

梢が高らかに宣言すると、若葉は「やったー」と両手をあげ、飛び跳ねた。

若葉が喜んでくれたので、梢はほっとする。海と並んだ国道１３４号沿いに、幹彦が店長を務めるサーフショップ〈リバティ〉があることを思い出した。

——何か困ったら、いつでも来なよ。パパはそこにいるから。

七里ヶ浜に越してきた日、幹彦は「お守り代わりに」と、家と店、二つの鍵《かぎ》がついたスマイリーフェイスのキーホルダーを、梢に託してくれた。若葉ではなく自分がもらえたのは「おねえちゃんだから」だと、梢はわかっている。どうしても助けが必要になったときは、〈リバティ〉に行こうと決めた。

「若葉、行くよ」

無邪気に跳ねまわる若葉の手を、梢はぎゅっと摑《つか》んだ。

海は逃げない。建物の陰に隠れるときはあっても、まっすぐ歩いていればまた出会えた。梢は若葉の手を引き、坂道をどんどんおりていく。

海は逃げないが、なかなか遠い。若葉のご機嫌も長くはつづかず、歩くのに飽きて「つかれた」とべそをかきはじめた。梢も本当はいっしょに泣きたい気分だったが、ぐっと唾《つば》をのんで我慢する。休憩を取り、妹に元気になってもらおうと、くすぐったり笑い話をしたりした。あとはひたすら視線を上げて、海を目指す。

時間をかけて最後の坂をおりると、海はすぐそばにあった。姉妹と海を隔てているのは今や、踏切とのんびり横切っていく江ノ電《えのでん》だけだ。

梢は何も言わなかった。若葉も何も言わなかった。二人はただ黙って、横断歩道があるところまで移動し、青信号になるのを待って国道134号を渡り、段差の大きな石段を用心深くおりて七里ヶ浜の砂浜に立った。走ったわけでもないのに荒くなった息づかいを感じながら、梢はただ目の前の海を見つめる。

サーファー達が波間に揺れていた。サーフボードで波を切り裂いたかと思えば、白い飛沫《しぶき》を上げて海中に落ちる。梢は江の島と小動岬《こゆるぎ》の名称と形状を知らなかったが、その間から白い山頂を覗かせているのが富士山であることはわかった。雪解けはまだらしい。

「海だ」と若葉が先に声を漏らした。それを皮切りに「海だ」「海だ」と姉妹で交互に叫びながら砂浜を駆け出す。海水浴シーズンには早い五月、平日の浜辺に人影は少ない。

これが、姉妹にとって海との初めての接触だった。以前住んでいた町には海がなく、海が間近にあるこの町に引っ越してきてからも、幹彦は行政手続きや新しい家の整備や新しい仕事を覚えることで忙しく、海岸沿いの国道134号を車で通ったことはあっても、父《おや》娘《こ》で浜辺をぶらぶら散歩する時間はお預けになっていた。

梢と若葉は砂浜に足跡をつけて喜び、海水を手ですくっては引っ掛け合い、貝殻を競うように拾い、棒切れで砂に落書きし、それが波で一気に消されるのをおもしろがった。屈《くっ》託《たく》なく笑う若葉の顔を見て、梢が尋ねる。

「若葉、ほいくえんきらい？」

「きらいじゃない。すき」

反射的に答えた若葉だが、梢と目が合ったとたん顔が強《こわ》ばった。

「──でも、きらい」

「でも、って？　なんで？」

若葉は返事の代わりにぷうっと頬を膨《ふく》らませ、お腹に手を置く。

「おねえちゃん、おなかすいた」

「えー」

梢は困り果てて、遠い富士山を見つめる。

「お金ないよ」と言いながら、いつもの癖《くせ》でスウェットのポケットに手を突っ込んだところ、指先に何かやわらかいものが当たった。梢はあわててそれを引っぱり出す。

「チーズだ！　今日の給食の？　おかわりしたの？」

若葉が目ざとく見つけ、ふっくらした手を当然のように差し出す。梢は食べきれなくて残したという真実を、とっさに伏せてうなずいた。銀紙に包まれたプロセスチーズを若葉の手に落としてやる。と、梢の背後からしゅっと白い閃光《せんこう》が走り、若葉の方へとまっすぐ延びていった。

――何？

梢が目をみはった次の瞬間、若葉の甲高《かんだか》い声があがる。

「とられたー」

呆然《ぼうぜん》と立ちすくむ若葉の手から、チーズが消えていた。梢があわてて視線をめぐらすと、三十メートルほど先の砂浜に佇《たたず》む一匹の白猫と目が合う。光と見紛《みまご》うほどのすばやい動きをしたとは思えない、ずんぐりした体型の猫だった。

梢は睨み合ったまま、白猫を観察する。向かって左が黄色、右が水色と、両目の色が違っていた。頰から顎《あご》にかけて丸く膨らんだ輪郭、あぐらを掻いた鼻、山なりになった小さな口という愛嬌《あいきょう》たっぷりの顔つきにその印象的なオッドアイが加わり、一度見たら忘れられそうにない猫だ。太くて短い脚を砂にめり込ませ、体をむっくらねじ曲げて、姉妹を窺《うかが》っている。口には、ついさっきまで若葉の手にあったプロセスチーズをくわえていた。

「ドロボー。ドロボー」

興奮して叫ぶ若葉を、白猫は見下《みくだ》すように眺めていたが、やがてぷいと前を向いて歩きだす。ととっととっとリズミカルな動きで砂を蹴《け》って進むたび、花びらのような形の足跡が次々と砂浜に刻印された。ぴんと上がったシッポは太くて短い。

「待て、ドロボー」と若葉が猫を追いかける。そんな若葉を追って、梢も移動を開始した。

白猫は砂浜を駆ける速度をゆるめなかったが、ときどき振り返り、姉妹との間隔がひらきすぎると、その場に腰をおろしてあくびした。

「おねえちゃん、あのねこ、ワカたちを待ってるよね？」

「うん。オニごっこしてるつもりなんじゃない？」

梢が息を切らしてうなずくと、若葉は悔しそうに唸《うな》った。その額には玉の汗がびっしり貼りついている。

猫は「よっこらせ」と言いたげな仕草で石段をのぼった。そしてちゃんと青信号のときに横断歩道を渡った。姉妹が赤信号で足止めされると、信号脇のコンビニの駐車場まで移動してごろんと身を横たえる。

海岸線の国道を切れ目なく走っていく車の列を睨みつけながら、若葉が言った。

「ワカとおねえちゃんをバカにしてる。ぜったい！」

白猫を追いかけて住宅地の坂道をのぼっていると、三分も経《た》たないうちに若葉の口から「もうやだ」「つかれた」「おなかすいた」「汗かいた」「あつい」「かえりたい」と泣き言がぽろぽろ零《こぼ》れだす。最後はおきまりの「おんぶして」がやって来た。

「できないよ。わたしだってつかれてる」

「おーねーえーちゃーんー」

べそを掻く寸前の震え声を聞いて、梢は心底うんざりしながら若葉の後ろにまわった。

「背中おしたげる。それでいいでしょ？」

しかし、梢が押す前に、若葉は駆けだす。さっきまでのぐずりが嘘のように坂を一気に駆け上がると、ガードレールの向こうに見える雑木林を指さした。

「ねこが――行っちゃった」

梢も駆け寄る。猫の姿はもう見えなかった。鬱蒼とした林は、どこまでもつづいていそうな急な斜面になっている。

「オニごっこもここまで――」

梢が半分ほっとして言いかけたそばから、若葉はガードレールをくぐっていく。

「ちょっ、若葉あぶない」

腕を摑んで止めようとしたが、若葉は後ろ向きになり手をついて、さっさと斜面を降りはじめた。梢はため息をつく。絶壁に等しい斜面を降りることなど、保育園でも家でも禁止されている。梢自身、怖いからやりたくない。けれど、迷っている暇はなかった。

人通りのない道路を見回し、注意する大人も助けてくれる大人もいないことを確認すると、梢は若葉の真似《まね》をしてガードレールの下を尻からくぐった。手が汚れるのも厭《いと》わず草や枝などを必死で摑み、下を見ながら一歩ずつ降りていく。

どこからか猫の鳴き声がした。少し左の方角から聞こえてくるようだ。声のするほうに向こうとした梢は、すぐ後ろにまわり込んできていた若葉とぶつかった。

「あっ」と姉妹の声が同時にあがる。

二人は落ち葉と土埃《つちぼこり》を盛大に舞い上がらせながら、雑木林の斜面を下まで一気に滑り落ちた。斜面の下に見えていた青いフェンスに激突することを覚悟して、梢は目をつぶる。いーち、にー、さーんと心の中で数えてみたが、その瞬間はやってこない。おそるおそる目をあけると、梢の体はフェンスのだいぶ手前で止まり、急な斜面に自分の足で立っていた。隣を見れば、若葉がきょとんとした顔で同じように立っている。

「若葉、だいじょうぶ？」

聞きながら、梢は自分の体を確認する。痛みもなく、血も出ていない。若葉も怪我《けが》はないらしく、「今の、なあに？」と元気な声で聞いてくる。梢が答えあぐねていると、「そうだ」と若葉は思い出したように辺りを見回した。

「ドロボー、どこ？」

その声が終わらぬうちに、すぐそばの低木の茂みが揺れる。次の瞬間、黒っぽい人影が勢いよく飛び出してきたので、姉妹は抱き合い、悲鳴をあげた。すると向こうは、一人でその何倍も大きな声を出す。

「こんにちはあっ」

声は幼く、あどけなかった。目の前に立っているのは、姉妹と変わらない年頃の女の子だ。華やかな顔立ちとゆるくカールしたやわらかそうな髪が、彼女の浮かべた笑みをより魅力的にしていた。胸に名札のついた白色の上着のセーラー衿《えり》から、細い首が伸びている。上着と同じ生地の白色の半ズボンに白いソックスと青いスニーカーを合わせ、水兵さんのような制服だ。梢は、この子はどこの幼稚園に通っているのかなと考えた。

女の子のふっくらした唇から言葉が漏れる。今度は普通の音量だ。

「ジョンをさがしてるの？」

「ジョン？」

同じ方向に首をかしげた姉妹をおかしそうに見比べ、女の子はうなずく。すると同じ茂みから、今度は白猫が飛び出し、女の子の足元に鎮座した。

「あ、ドロボー」

若葉の言葉に合点したように、女の子は上着のポケットから出したものを渡してくれる。

「これ、あなたたちのチーズだったのね。ごめん、ごめん」

若葉の手に置かれたチーズを、梢も覗き込む。銀紙があちこち破れ、形も崩れていた。

「これじゃ、もう食べられない」

「ごめん、ごめん。ジョンは食いしんぼうだから、こまっちゃう」

恨めしげな若葉に対し、女の子は爽《さわ》やかに謝りつづける。ジョンという犬みたいな名前を持つ白猫は、女の子の足元で目をつぶり、知らん顔をしていた。梢がしゃがんで猫の顔を覗き込むと、薄目をあけ、あわててまたつぶる。上を向いた鼻がピクピク動き、動揺を隠しきれていない。二重顎になった顔の丸さや真面目《まじめ》くさった表情がユーモラスで、梢は思わず吹き出した。

「おねえちゃん、何わらってんの？」

「ごめん、ごめん。だってこのねこ――おっかしいんだもん」

梢は女の子の謝る口調を無意識に真似しつつ、息も絶え絶えになってしまう。若葉は白《しら》けた顔で梢を睨んだあと、女の子の胸の名札に目をやった。

「ま、き――マキちゃん？」

ひらがなをたどたどしく読み上げる若葉に、女の子はうなずく。

「うん。そう呼んで。あなたたちのお名前は？」

姉妹がそれぞれ名乗ったあと、若葉はふたたび尋ねた。

「そのねこ、マキちゃんのねこ？　飼ってるの？」

「ううん。わたしは飼い主じゃない。わたしはジョンの相棒」

「〝あいぼう〟って、なあに？」

「いっしょにあそぶ仲間だよ」

「――へえ。そうなんだ」

若葉をあっさり納得させたマキを、梢は尊敬の眼差《まなざ》しで見つめた。マキのほうも梢を見つめ返す。梢は恥ずかしくなって、先に目を逸《そ》らした。マキの言葉が追ってくる。

「こずえちゃんとわかばちゃんは、おなかがすいてるの？」

返事をためらう梢の横で、若葉が「うん」と大きくうなずいた。

マキはしばらく考えていたが、ぱっと笑顔を濃くする。

「だったら、ついて来て」と言うが早いか、雑木林の斜面をのぼりはじめた。ジョンも太くて短い四肢を懸命に動かし、マキの背中を追っていく。梢と若葉が顔を見合わせていると、ジョンがちらりと振り向いた。

「あ、わらった」

「え？」

「ジョンが今、ワカとおねえちゃんを見て、わらったよ。へへーんって」

若葉の主張を聞いて、梢もジョンのほうへ目を凝《こ》らす。ジョンはあぐらを掻いた鼻をひくつかせ、オッドアイの瞳で見返すだけだ。二重顎が震えた気配もない。

「わらってる——のかなあ?」

「わらってるよ。へへーんって。行こう、おねえちゃん。ワカは、ジョンにバカにされたくない」

若葉はそう言うと、手近なところに伸びていた枝を掴んで斜面をよじのぼっていく。梢もあわててあとにつづいた。

＊

マキが姉妹を案内してくれたのは、雑木林を出て、住宅街の十字路をいくつか曲がり、坂道をのぼりきった先——桜並木の散歩道沿いの商店街に建つ一軒のパン屋だった。

白い壁に緑の屋根のツートンカラーが爽やかな店の前には、屋根と同じ色のガーデンパラソルと木のベンチとテーブルが置かれ、飲食もできるようになっている。ドアの斜め上に英語の筆記体で書かれた吊《つ》り看板、ベンチの脇にマフィンの絵が描かれた立て看板、それぞれアメリカナイズされた造形で目を引いた。

「これは?」

若葉がマフィンの絵の下に書かれていたカタカナを指さす。カタカナはまだ読めないのだ。代わって、梢が読み上げた。

「べーかりー、じぇーん」

吊り看板のほうの英語は梢もわからなかったが、おそらく同じ店名が書いてあるのだろうと予想する。

「このパン屋さん、おいしいよ。とくにマフィンが」

説明してくれるマキの足元をすり抜け、ジョンが店のガラス扉の前に陣取る。節をつけるように短いシッポを何度か地面に打ち付け、ナアッナアーッと太い声で豪快に鳴いた。

ガラス扉からは、店内に並んでいるおいしそうなパンがよく見える。そして、店の人の動きもよく見えた。厨房《ちゅうぼう》につづく銀色の扉の向こうから小走りで飛びだし、ガラス扉をあけに来てくれたのは、赤い縁の眼鏡《めがね》をかけた女性だ。

「シロちゃん！　来たのぉ？　よしよしよしよし、いいコだねぇ」

女性は目を細めてしゃがむと、ジョンを撫《な》で回す。オールアップにして後ろで一つに結んだ黒髪が揺れた。ジョンは気持ちよさそうに喉《のど》を鳴らし、ごろんと横になって腹を見せている。もともと白猫だが、お腹の毛はさらに真っ白で、やわらかそうに見えた。撫でたくなる気持ちを抑えて、梢が女性の綺麗《きれい》な額の形に目をやると、女性はジョン以外の訪問客の存在にようやく気づいてくれる。「あら」と眼鏡の赤い縁を押し上げ、微笑《ほほえ》んだ。

「シロちゃんのお友達？」

梢は返事に困ってマキを探したが、どこへ行ったのか、姿が見えない。代わってジョンがナアッと声をあげる。女性の微笑みがいたずらっぽい笑いに変わった。

「そうだよって、シロちゃんが言ってるよ」

「そのねこの名前、シロちゃんなの？」

若葉が尋ねると、女性は肩をすくめた。

「いいえ。私が勝手に呼んでるだけ。本当の名前は知らないの。本当の名前があるのかどうかもね」

梢は若葉の視線を感じる。ジョンという名前について話をしたそうな顔だったので、首を振って止めた。近くにマキの姿がないのに、勝手に話題にしないほうがよい気がしたからだ。梢の口止めは、若葉に伝わったらしい。おりてきた沈黙のなか、大きな音がする。

若葉が吹き出した。

「おねえちゃんのおなかが鳴った」

頰を熱くしてうつむく梢の肩に、パン屋の女性がやさしく手を置いた。

「お腹空いてるの？　ウチのパンがおいしそうに見えたかしら？　おひとつ、いかが？」

「──お金、持ってないから」

梢が消え入りそうな声でつぶやくと、女性は片目だけ綺麗につぶってウィンクした。

「いいこと思いついた。ちょっと待ってて」

店に戻っていく女性を見送り、梢は若葉と所在なく店の前に佇む。マキは帰ってこず、ジョンは散歩道の真ん中で悠然と寝転び、お腹の毛を風にそよそよなびかせていた。

ふたたび現れた女性は、持ち手付きの大きな籐《とう》かごを提《さ》げていた。「そこに座って」とグリーンのガーデンパラソルの下を指さす。梢と若葉が言われた通り木のベンチに腰を落ち着けたのを確認してから、テーブルにのせたかごの中身を次々と取り出した。

白い画用紙、クレヨン、色鉛筆、油性マーカーペン、色紙、スタンプ――かごは、お道具箱代わりのようだ。すべて出し終えると、女性はふうと息をついた。

「今度の日曜日は母の日でしょう？　そこの桜並木にロープを渡して、子ども達が描いたお母さんの絵を飾ろうって、商店街のみんなで話してたの。あなた達も協力してくれないかしら？」

梢はとっさに若葉を見る。若葉は身じろぎもせず、テーブルに置かれた画用紙を見つめていた。二人の沈黙をどう受け取ったのか、パン屋の女性はひとさし指を突き出す。

「お母さんの絵を描いてくれたら、マフィンを一人一個ずつサービスしちゃう」

梢のお腹がまた鳴った。若葉はもう笑いも囃《はや》し立てもしなかった。ガラス扉がひらき、白いハンチングに白いシャツに白いズボンと、白一色の恰好《かっこう》をした男性が「梨果《りか》、注文の電話だ。対応して」と女性に声をかける。女性は朗《ほが》らかな返事をすると、「仕事に戻るわね。それじゃ、ごゆっくり」と笑顔を残して去った。

妹と二人にされたとたん、梢の視界から色が消える。音が耳に入ってこなくなる。体の中にこもった熱をどうしていいかわからない。悪い夢の中で迷子になった気分だった。

桜並木沿いの商店街にはパン屋の他にもスーパーや飲食店や理髪店が並び、人通りがないわけではないが、パン屋の前で途方に暮れる梢達に注目する大人は誰もいない。風に舞い上がりそうになった画用紙を押さえたのを機に、梢はのろのろと視線を上げた。若葉は姿勢も表情もさっきから変わっていない。たまらず「若葉」と呼びかけると、甲高《かんだか》い声があがった。

「かけない！」

若葉の叫びはすぐ、涙まじりの鼻声となる。

「かけないよ。だってワカ、ママの顔おぼえてないもん。ママ、死んじゃったんだもん」

「死」という単語をあっさり口にする妹の顔を、梢は見つめる。内にこもった熱はますます温度を上げ、梢の何かをぐらぐらと沸かしていた。

「――わたしだって、ママの顔はかけないよ」

「ウソ！　おねえちゃんは五歳までママといられたでしょ」

若葉はパーの形にした右手を突き出し、くっきりとした二重のたれ目をめいっぱい吊り上げてみせた。梢が何も言わないでいると、親指と小指を折って、三本にする。

「ワカは三歳まで」

「でもママ、ずっとびょういんに入ってたから、ほんとうにわたし、おぼえてないの。もうわすれちゃったんだよ」

声を絞り出すと、喉がひくひくと痙攣《けいれん》した。梢はゆっくり唾をのみ、痙攣を抑える。若葉は右手の指を全部丸めて拳《こぶし》に変えると、梢の腿を打った。

「ウソ」

「ウソじゃない」

同じやりとりを何度か繰り返したのち、梢の腿は若葉の拳ではなく涙を受け止めた。

「ウソ！　おねえちゃんはかいたじゃん。おねえちゃんがかいたママのにがおえが、ほいくえんにはられてるの、ワカ見たもん」

しゃくりあげながらも、若葉は言葉をつづける。

「ずるい。おねえちゃんだけ、ママのことをおぼえていてずるい。だから――」

「だから、ここにいたくないって？　わたしのかいたママのにがおえが見たくなくて、ほいくえんからにげたの？」

梢が尋ねると、若葉はこっくりうなずいた。小さな手で懸命に目をこすっている。姉に泣いている姿を見られたくないのだろう、梢は視線を外した。背丈や力の強さが同じであっても、やはり若葉は妹で、自分は姉なのだと痛感した。

――あれは、ちがうんだよ。

若葉に説明したいと、梢は思う。けれど、どう説明すればいいのかわからず、熱は内側にこもるばかりだ。どうしよう？　どうしたらいい？　と視線をさまよわせた梢の視界に、お腹を天に向けて眠るジョンの姿が入ってきた。だらけきったその姿を見て、ほんの少し肩の力が抜ける。

梢は木のベンチを立ち、ジョンの元に歩いていった。そばにしゃがむと、ジョンは薄く目をひらいたが、逃げる素振りはない。伸ばした手でそっとお腹に触れてみる。みっしり生え揃《そろ》った細い毛はやわらかく、お腹はあたたかく、呼吸に合わせて上下した。

梢がジョンのお腹を撫でていると、桜の太い幹の後ろからマキが顔を覗かせる。

「こずえちゃん、マフィン食べた？」

今までどこに行ってたの？　と返す代わりに、梢は首を横に振った。マキは店の前のベンチでむくれている若葉と目の前の梢を見比べ、肩をすくめる。

「お母さんの絵がかけないの？」

掌《てのひら》に感じる猫の毛のもっふりとした手触りが、梢の強ばっていた喉をゆるめた。梢はジョンのお腹を撫でながら、小さな声で「かけない」と答える。一度転がりでた言葉は数珠《じゅず》のように連なり、梢は少し離れた場所にいる若葉には聞こえない程度の声でつづけた。

「あのね、もう、わたしたちのママはいないいんだ。いい、いい、いいなくなりになったの。パパがうっかりなくしたから、写真ものこってない」

「じゃあ、もう、お母さんの顔はわすれちゃった？」

マキに尋ねられ、梢はうなずく。顔だけじゃない。母の声もにおいも、梢はもう何も思い出せない。これから思い出すこともないだろうと感じている。失ったものの大きさを感じるたび、梢は真っ暗な闇《やみ》に投げ込まれた気がして怖かった。どこかの大人が「ママは星になってずっと見守ってる」と慰《なぐさ》めてくれたが、晴れた夜にしか見えない星が母だなんて寂しすぎると、梢は積極的に信じようとはしなかった。

ジョンのお腹の上で震えだした梢の手を、マキが黙って握る。マキの手は、ジョンのお腹と同じくらいやわらかであたたかかった。そのあたたかさが体の中にこもっていた熱を吸い取ってくれるのを、梢は感じた。

大きく息を吸って、梢は切り出す。

「いろいろわすれちゃったけど、でも、わたしと若葉とパパの中に、ママはのこってる」

「そうなんだ？」

そう言って首をかしげたマキの目は澄んでいた。梢はうなずき、必死に伝える。

「コロママゲームで、ママをおもいだせるから」

「コロママゲームって何？」

マキは首をかしげたまま質問を重ねた。梢は「えーと」と腕を組む。耳の奥で、口笛の音がした。

母の千咲《ちえみ》は二年たらずの入院生活の末、駆け足で逝《い》ってしまった。思い出を作る時間すら与えられなかった梢と若葉が、千咲について知りたがるたび、幹彦は口笛を吹いた。明らかに困っている様子だった。千咲のことをあまり思い出したくない節《ふし》すら見えた。

　梢は幼心に父の寂しさと苦しさを嗅《か》ぎ取り、いつしか尋ねなくなった。その代わり、幹彦が編み出した〝あの頃、ママは何をしていたか？　想像するゲーム〟略してコロママゲームを、遺《のこ》された三人で楽しんだ。

「わたしと若葉が〝ナントカのころ〟って言うでしょ。そしたら、パパがママの〝ナントカのころ〟のおもいでを想像してくれるんだ」

　梢がどうにか絞り出した説明の言葉に、マキの細い眉《まゆ》が怪訝《けげん》そうに寄る。梢はそれ以上うまい説明が思いつかず、幹彦から実際に聞いた思い出の一つを披露《ひろう》することにした。

「たとえば、わたしが〝うちゅうひこうしだったころ、ママは何してた？〟って聞いたら、パパは〝うちゅうひこうしだったころ、ママはよくドーナツをたべてた。ある日うちゅうゆうえいをしてたら、ちいさなながれ星がママのまわりを飛びまわった。その星がとてもジミだったから、ママはチョコレートドーナツをかんむりみたいにかけてあげたんだ。その輪っかを持ったながれ星こそ、いまの土星だよ〟って」

　眉を寄せたままの顔で真剣に聞いていたマキの顔がぱっと輝く。

「すごい！」

「でも、ぜんぶでたらめだよ」

　でたらめという言葉の強さに、口にした梢自身が打ちのめされた。脳裏に、保育園で同じクラスの亜麻音の顔がよぎる。

——何これ？　にんぎょ？　こずえちゃんのママ、にんぎょひめなの？　でたらめ言わないで。

梢が最初に描いた母の似顔絵を見て、亜麻音はそう言った。さらに「ウソの絵をかいちゃ、いけないいんだぁ」と独特の節回しで歌ってみせた。目尻の上がった大きな目に射貫《いぬ》かれ、梢は自分の母がどうして人魚なのかを説明できなくなった。

亜麻音の節回しが耳の奥で蘇《よみがえ》り、震えだす梢に向かって、マキはあっけらかんと言った。

「ちがうよ。でたらめじゃない。梢ちゃんは、おもいでを想像したんでしょ？」

梢は「うん」と強くうなずき、胸の中にじわじわと広がる嬉しさによって、自分が亜麻音の言葉にどれほど傷ついたか、ようやく知る。

「だけど、ほいくえんで、にんぎょだったころのママを絵にかいたら、ウソの絵をかいちゃ、いけないいって」

父にも妹にも話せなかった、話してはいけないと我慢していたことを、マキにはするりと打ち明けることができる。梢の内にこもっていた熱が一気に放出していく。

「コロママゲームをしてると、ふきんしんだってパパにおこる人がいる。ふきんしんって意味わかる？　ほいくえんの先生にきいたら、ちゃんとかんがえないで、だれかにいやなおもいをさせることだって。もうあえないママのことを想像するのは、かんがえないことなの？　だれかがいやな思いをするの？」

マキはしばらくセーラーの衿を触っていた。梢に撫でられるままになっていたジョンが立ち上がり、マキの足元まで歩いていく。すりすりと額を足にこすりつけてくるジョンを、マキは抱き上げた。ジョンのずんぐりした体はマキの腕の中におさまりきらず、後ろ脚が宙ぶらりんになったが、それでもジョンは幸せそうに目をつぶる。マキの髪が、海からの風に揺れる。後ろから強い日差しを受けて、もともと茶色がかった髪は金色に輝き、天使みたいだと梢は見惚《みと》れた。マキはジョンの頭に顎をうずめ、きっぱり言う。

「コロママゲームは、ふきんしんじゃない。にんぎょだったころのママの絵は、ウソの絵じゃない」

マキは真剣な顔をしていた。全身全霊を込めて励ましてくれたことがよくわかり、梢の喉元に熱がじわりとせり上がってくる。

「ありがとう」

その言葉といっしょに、梢を苦しめていた最後の熱が外に押し出された。若葉の前ではずっと我慢してきた涙が、一粒だけこぼれた。

＊

ジョンを抱っこしたまま、マキは梢の先に立ってベーカリー・ジェーンの前まで戻る。

グリーンのガーデンパラソルの下で、若葉がベンチに寝そべっていた。画用紙は白紙のま、クレヨンなどを手に取った気配もない。完全にふて寝だ。

梢とマキが戻ってきても、若葉は頑として目をあけない。呼吸が乱れているので狸寝入《たぬきねい》りだろうと考え、梢は若葉の足元の空いたスペースに腰掛けた。真っ白な画用紙を手に取りながら、かまわず若葉に話しかける。

「ごめん。若葉がみた絵は、ウソの絵だよ」

若葉の目がぱちっとひらいた。そのたれ目を覗き込み、梢はスウェットのポケットから小さく折りたたんだ画用紙を出す。

「ほんとうの絵は、こっち」

若葉は起き上がった。ベンチに正座して、梢から渡された画用紙をひらく。そこに描かれたウィンクしている人魚を見たとたん、丸い頬がゆるんだ。

「にんぎょひめのママだ！」

「うん。でも、おともだちにでたらめだって言われて、かきなおした。ママじゃない人の絵をかいた。ごめんなさい」

梢は謝りながら、「ごめん」の先にいる人々の顔を思い浮かべる。妹の若葉、父の幹彦、亡き母の千咲、「パパの絵でもいいんだよ」と心配そうに言ってくれた保育園のクミ先生、そして何より、本当の気持ちに蓋《ふた》をされた自分自身。

梢はクレヨンを手に取り、白い画用紙の上に屈《かが》み込んだ。

「わたし、もういちど、ママのえをかく」

そう言って、緑と赤のクレヨンで炒飯を描く。高菜と梅の炒飯だ。次に、その炒飯を前に嬉しそうに首をかたむける白鳥を描いた。

「はくちょうだったころのママ？」

梢の手元を覗き込んだマキの質問に、若葉が目を輝かせる。梢も笑顔になった。

「そう。はくちょうのママは、チャーハンが好きだったの。パパのつくったチャーハンを食べるために、海をわたるのをやめた」

新しい画用紙を手に取り、ふたたびクレヨンを動かしはじめた梢から若葉に目を移し、マキはにこにこ尋ねる。

「わかばちゃんは、いつのころのママをかく？」

若葉は息を吸い込み、梢をちらりと見る。梢が画用紙を前に置いてやると、小さな鼻を膨らませ、クレヨンを握った。

「ナイショ。いまかくから、マキちゃん当ててみて」

「わかった」

それから、梢と若葉は競うように〝お母さんの似顔絵〟を描き上げた。宇宙飛行士、親指姫、象、登山家、チアリーダー——たくさんのあのころのママが絵になった。

夢中になりすぎて、混雑がひと段落したパン屋の女性が外に出てきたことにも気づかなかったほどだ。「おつかれさま」と声がかかり、梢も若葉もようやく手を止め、顔を上げる。女性は何枚も重なった画用紙を見て目をみはっていた。

「これ——全部、あなた達のお母さん？」

女性の視線が象の牙《きば》に釘付《くぎづ》けになっているのを知り、梢はうつむく。亜麻音の冷たい視線が蘇ってきて震える梢の隣で、若葉が「そうだよ」と胸を張った。

「ぜーんぶママ。ほんとうのママのにがおえ」

誇らしげに女性を見上げる若葉の横顔に励まされ、梢も「ママです」と言えた。

女性は次々と画用紙を手に取り、丹念に絵を見ていく。すべて見終わったあと、梢と若葉の顔を見比べた。形のいい額が五月の太陽を浴びて光っている。眼鏡をくいと押し上げて、女性は微笑んだ。

「すてきなママね」

そう言ってまた店に戻り、袋に入れたマフィンを持ってくる。

「はい、どうぞ。たくさん描いてくれたから、マフィンもたくさん。味は全部で六種類よ。おうちの人にも分けてあげてね」

梢のお腹が思い出したように鳴り、若葉に笑われた。梢も笑った。

梢はラズベリーとクリームチーズのマフィンを、若葉は抹茶とホワイトチョコのマフィンを、木のベンチに座ってそれぞれ一つずつ食べた。姉妹はマキにも勧めたが、「おなかいっぱいなんだ」と断られた。ジョンはベンチの下に陣取り、姉妹がぽろぽろこぼすマフィンのかけらを拾い食いするのに余念がない。

「これから、どうするの？」

ベンチの前に立ったマキが、髪を風にそよがせながら聞いてくる。

若葉が不安げな顔になって梢のほうを向いた。口のまわりに食べかすをたくさん付けている。梢はそれらを払ってやり、自分の口の周りもぬぐってから言った。

「ほいくえんにもどる。先生にあやまる。ね、若葉？」

「うん」と案外素直にうなずいたあと、若葉は首をかしげた。

「でも、どうやってもどるの？　おねえちゃん、道わかる？」

「わからない――マキちゃんはわかる？　ペンギンほいくえんまでの道」

マキは急に頼りない顔つきになって、首を横に振った。その足元にジョンが座り、前脚で丹念に顔をぬぐいはじめる。ジョンの毛繕《けづくろ》いの様子に姉妹が気を取られていると、突然マキが両手を合わせた。

「わたし、そろそろかえらなきゃ」

「え。かえっちゃうの？」

梢の口調から不安な気持ちが伝染したのか、若葉が「かえらないでよー」とすがる。マキは微笑んだ。

「ごめん、ごめん。でも、ジョンはのこってくれるって」

「ジョンって――ねこじゃん」

「そう。わたしの相棒だよ」

不満げな若葉に堂々と言い切り、マキは「じゃあね」と白い手をひらりと振る。桜並木の間を縫うように駆けていく姿は、姉妹の視界からすぐに消えてしまった。

ジョンは前脚を突っ張り、お尻を突き出すように伸びをする。喉をごろごろいわせて、空を見上げる。つられて梢が空を仰ぐと、遠くから自分の名前を呼ぶ声が聞こえた。声はつづけて若葉の名前も呼んでいる。坂道をあがってくる人影が見えた。ひょろ長いシルエットと猫背気味の歩き方で、姉妹はすぐに誰だかわかる。

「パパ！」

梢と若葉が声を揃えて、ベンチから立ち上がる。

姉妹に気づいたのだろう。幹彦は大きく手を振り、走りだした。あまり運動をしていない人の走り方で、勾配《こうばい》のきつい坂道を駆け上がるのに時間がかかったけれど、一度も立ち止まらずに、ベーカリー・ジェーンの前まで来てくれた。

「梢も若葉も無事か？　怪我してない？」

幹彦は開口一番、梢が今まで見たこともないような真面目な顔で聞いてくる。声もふだんよりずっと低くて大きい。梢と若葉がびくっと肩を震わせながら無言でうなずくのを見て、幹彦は一度大きく深呼吸してから、いつもの笑顔になった。

「なら、よかった。よかった、本当に」

幹彦は「よかった」を嚙《か》みしめるように繰り返すだけで、姉妹を叱《しか》ろうとはしなかった。だからこそ余計に、梢は自分と妹の脱走が父をどれだけ心配させてしまったかを悟る。

「ごめんなさい」と謝った梢に、若葉も倣《なら》った。

何があったのか、どうしてここにいるのか、梢は父に全部説明したいと思ったが、すぐには言葉が見つからなかった。すると、ベンチの下で毛繕いしていたジョンがいきなりテーブルの上に飛び上がる。瞳孔《どうこう》がまん丸にひらいたオッドアイが捉《とら》えていたのは、画用紙にとまったモンシロチョウだ。ずんぐりした体型からは想像もつかない敏捷《びんしょう》な動きで、ジョンは頭を低くし、モンシロチョウに飛びかかる。しかし、相手が一枚上手《うわて》だった。ジョンの爪《つめ》から悠々と羽をかわし、モンシロチョウは宙に舞い上がる。結果的に、ジョンの太い前脚は画用紙の束をテーブルから叩き落としただけとなった。若葉が悲鳴をあげる。

「ワカとおねえちゃんの絵が！」

ジョンは二重顎をぶるんと震わせ、テーブルから飛び降りた。もともと山なりの口の口角をさらに下げ、瞳孔がひらいたままのオッドアイをしばたたく。短いシッポを精一杯丸めて、さきほどマキが帰った方向に走り去っていった。

梢はあわてて画用紙を拾い集めようとしたが、幹彦がすでに拾い、そこに描かれた絵をじっと見つめている。

「パパ、あのね、それ、もうすぐ母の日だから――」

幹彦は「うん」と大きくうなずき、梢と若葉の頭を順番に撫でた。

「よく描けてるなあ。梢のも若葉のも、ママそっくりだよ」

梢は幹彦の腰に手を回し、英語のロゴが入ったスウェットに顔をうずめる。隣で若葉が負けじと同じ姿勢を取った。父の平たいお腹の上で姉妹がおしくらまんじゅうをするみたいになってしまったが、幹彦はしっかり抱きとめてくれる。幹彦のスウェットからは、かすかに潮の香りがした。

幹彦は梢と若葉にそれぞれの絵を持たせると、ウエストポーチから取りだしたポラロイドカメラで写真に収めた。それから携帯電話で保育園に連絡し、通話が終わると、姉妹をベンチに待たせたままパン屋に入っていく。マフィンをくれた店の女性としばらく話し込んでいたが、若葉が退屈から不機嫌になる前には、吊り看板と同じ英語の店名ロゴが入ったビニール袋を提げて出てきた。

「スコーンを買ったよ。明日の朝ごはんにしような」

「絵をかいたら、マフィンももらえたんだよ。まだたくさんのこってる」

梢がそう言って袋を振ってみせる。幹彦は「ありがたいね」と笑った。

「そっちは、今日のおやつに食べよう」

「おやつ？　わたしと若葉、ほいくえんにもどらなくていいの？」

「うん。今日は家に帰ろう。先生にはちゃんと話したから、だいじょうぶ。パパも今日はもうお仕事終わりだ」

梢は若葉と顔を見合わせ、「やったー」と両手をあげて喜ぶ。スキップしながら、幹彦と若葉に提案した。

「コロママゲームをしながら、かえろうよ」

「いいね」

親子三人、若葉を真ん中にして手をつないで歩きだす。商店街を抜け、坂道をくだる。コロママゲームのお題を考えながら、梢は青々とした葉を茂らせた桜並木を振り返った。

今度の日曜日、そこを埋め尽くす〝お母さんの似顔絵〟の中に、自分と若葉の描いた絵が並ぶところを想像してみる。〝あのころのママ〟の絵がたくさん、五月の海風に翻《ひるがえ》る。

――その絵を見た誰かが、また何か言ってきたら？

一瞬、梢のお腹の底がひやりとしたが、マキの笑顔や言葉を思い出して落ち着く。今度誰かに何か言われたら、この町ではじめてできた友達とその相棒がくれた自信を胸に、ママについてちゃんと説明してみようと、梢は思う。

三人のおりていく坂の下から、逆三角形の青い海が覗いていた。

梢　*13* 歳
若葉　*11* 歳

第二章　君と勝負

十月がきて、青空が少しだけ薄くなった。空の青が海の青に近づき、やがて地続きになる頃、ようやく秋にふさわしい空となる。今はまだ、夏の名残が色濃く残っていた。

「ベランダにいる人、教室に戻って。朝の会をはじめますよ」

担任の葛木《かつらぎ》先生の声に、ベランダにもたれて空を見ていた若葉はあわてて教室へ駆け込んだ。今日は髪の編み込みがいつになく上手にできたから、誰かに気づいてほしいと思って周囲を見回したが、みんな教壇を見ている。一体なぜ？　と視線を向けて、ようやく若葉も葛木先生の背中に半身隠れてしまっている男子生徒に気づいた。若い上に童顔でもある葛木先生が精一杯の威厳を作り、黒板を軽く叩《たた》く。

「はい、注目。五年三組の新しい仲間に自己紹介してもらいましょう」

葛木先生に促され、男子生徒は教壇に上がった。キノコみたいな髪型が特徴的だ。黒目がちなくりっとした目は、クラスで飼育しているシマリスと似ている。キャメル色のランドセルを背負った体は、クラスの背の順では前から数えたほうが早い若葉より小さく、華奢《きゃしゃ》だった。

「おはようございます。小橋理太郎《こばしりたろう》です。東京から引っ越してきました。好きな料理は、イタリアンです」

「イタリアン」という言葉を慣れた調子で口にする転入生に、クラス中がざわめく。教壇にほど近い席に座っている仲良しの優亜《ゆあ》が後ろを向き、若葉に向かって声には出さず、口の動きだけで聞いてきた。

(お坊っちゃま?)

若葉は海岸線から見える丘の上に建ったばかりの豪邸を思い出す。あの家の子に違いないと決めつけ、うんうんと小刻みにうなずいた。

理太郎は緊張した様子もなく、人懐《ひとなつ》こい笑みを浮かべてクラスをゆっくり見回したあと、両足を揃《そろ》えて教壇からぴょんと飛び降りる。

葛木先生が理太郎を若葉の隣まで案内してきた。隣が空席だった今までは気兼ねなく眺めていられた窓の外が、理太郎のキノコ頭に遮られる。こっそり落とした若葉のため息が聞こえたのか、理太郎が不思議そうに見てくる。気まずく目を逸《そ》らした若葉の肩に、葛木先生の手が置かれた。

「隣の人として、二班の班長として、小橋くんにいろいろ教えてあげてね、三雲さん」

班長はじゃんけんに負けたからなっただけです、と若葉は口の中でつぶやく。

優亜がふたたび後ろを向き、同情のこもった視線を投げてきた。若葉はすばやく顔をしかめてみせてから、葛木先生に向かって「はい」と神妙にうなずく。ふと視線を感じて隣を見ると、理太郎がさっきと同じ不思議そうな目をまだ若葉に向けていた。

転入生の紹介に費やした朝の会が終わり、そのまま一時間目の理科の授業がはじまる。この小学校で使う教科書をまだ持っていない理太郎のために、若葉は並んだ机の真ん中に自分の教科書を広げた。

葛木先生がインゲンマメの種子の断面図が描かれた大きな模造紙を黒板に貼りながら、声をあげる。

「インゲンマメの中にでんぷんがあるかどうか調べるために使う液体を何て言うでしょう？　わかる人、手をあげて」

教室のあちこちで手があがる。若葉が教科書を見つめてやり過ごそうとしていると、理太郎がだしぬけに「わかる？」と聞いてきた。とっさにうなずいてしまう。

「ヨウ素液でしょ」

くりっとした目を丸くして、理太郎は首をかしげた。

「知ってるのに、どうして手をあげないの？」

「目立つの、好きじゃないから」

若葉から飛び出した本音に対し、理太郎の返事はない。ちらりと様子をうかがえば、理太郎はつぶらな瞳を白目気味の寄り目にして、小鼻を膨《ふく》らまし、唇を分厚く見えるよう上下共にめくれあがらせていた。思わず吹き出してしまった若葉に、クラスメイトの視線が集中する。理太郎はさっさと澄ました表情に戻り、机の下で小さくVサインを作った。

「どうしたの、三雲さん？」

教壇で首を伸ばしている葛木先生に、若葉は頬《ほお》を熱くして「何でもありません」と頭を下げる。クラス中の注目が去ってから、小声で理太郎に抗議した。

「目立つの好きじゃないって、言ってんじゃん。笑わさないでよ」

「俺、にらめっこなら誰にも負けない自信があるんだ。前の学校でも敵なし」

理太郎は悪びれた様子もなく、得意げに言う。若葉が次の言葉に詰まっていると、にこにこしながら持ちかけてきた。

「勝負してみるか？」

若葉はたれ目をめいっぱいひらいて、理太郎の顔を見返す。小さく整った目鼻立ちは上品だが、口角の上がった唇にちょいちょい浮かぶ不敵な笑みからは、くだらない勝負や遊びに夢中になるやんちゃな幼さがうかがえた。意外と話の通じるやつかもしれないと、若葉は期待する。おもしろそうな誘いに思わず頬がゆるむのを懸命に抑え、厳然とした態度で言い渡した。

「いいよ。ただし、真剣勝負がしたいから休み時間にやろう。あと、わたしが勝ったら、今日の給食に出てくるプロセスチーズちょうだい」

「おまえ、食いしん坊だな」

理太郎のくりっとした目に光が射す。楽しそうなその顔に、若葉は親近感を抱いた。


一週間も経《た》たないうちに、理太郎は三雲家の食卓で一番よく聞く名前になった。若葉が毎日父と姉に、にらめっこ勝負の様子と戦果を報告したからだ。

「それで今日は結局、どっちが勝ったの？」

「わたしに決まってるじゃん」

梢の質問に、若葉はカブのサラダを頬ばりながら胸を張る。理太郎の転入初日と次の日は負け通しで、プロセスチーズももらえなかったのだが、理太郎の鼻筋だけを見ておくという作戦を編み出してからは連日連勝中だ。

「理太郎が悔しがって、〝今度は床オニ勝負しよう〟って」

「ユカオニ？　一体何の勝負なんだ、それは？」

崩れかけた挽肉《ひきにく》の塊を箸《はし》でつつき、父の幹彦が首をかしげる。サーフィンができないサーフショップ店長ゆえ、せめて外見だけでもサーファーに寄せていこうと伸ばしはじめた茶髪と口髭《くちひげ》がだいぶ板についてきた。本人は「ビートルズのジョージ・ハリスンに似てるだろ」とご満悦だが、若葉はビートルズもジョージ・ハリスンもよく知らないので、似ているかどうかもわからない。

「ウチの学校の教室の床は板張りでね、縦方向の板と横方向の板が交互に張られてるの。だから、自分の足が踏んでる板の方向にしか進めないってルールで、オニごっこする」

「なるほど」と感心してみせたあと、幹彦はスプーンで崩れた挽肉とソースを掬《すく》う。

「ん。うまいぞ、この肉団子シチュー。上手に作れるようになったなあ」

「肉団子シチューじゃない。それ、ロールキャベツ。うまく包めなかったけど」

むくれる若葉をなだめるように、梢が話題を変える。

「最近若葉がよく話してくれるその〝理太郎〟って、小橋理太郎くんのことだよね？」

若葉がうなずくと、梢は眼鏡《めがね》の奥で切れ長の目を流すように細め、笑った。中学入学時の健康診断で視力低下を指摘されて作ったべっ甲柄の眼鏡は、生まれたときからつけていたかのように、梢の涼しげな顔立ちに似合っている。

「理太郎くんのお母さん、〈ピエトラ・ルナーレ〉の新しいシェフだって知ってた？」

「ええっ。そうなの？」

イタリア語で〝月の石〟を意味する〈ピエトラ・ルナーレ〉は、七里ヶ浜の商店街のはずれにある小さなリストランテだ。もともとは地元民しか知らない店だったが、雑誌やネットで何度も「名店」と紹介され、今では客席の八割を観光客が占める人気店となっている。全国的に有名になったあともオーナー兼料理長である岩永《いわなが》の愛想と腕の良さは変わらないため、地元の人々からも昔と変わらず愛されていた。

そんな店で、若葉は生まれてはじめて〝料理のおいしさ〟を意識した。

若葉が小学校に上がった頃から、幹彦が一人で担当していた家事を、姉妹も分担するようになった。よく言えばおおらか、悪く言えばいい加減な性格の、幹彦のする家事全般が大雑把《おおざっぱ》すぎたからだ。海の塩で真っ白な窓、埃《ほこり》の舞う床、本とハンガーと麦茶パックがいっしょに突っ込んであるマガジンラック、洗濯のたび縮むセーターなどは我慢できても、五日連続のカレーライスはつらい。

若葉の十歳の誕生日にはじめて家族でピエトラ・ルナーレを訪れ、岩永みずから給仕してくれた前菜を食べたときの感激を、若葉は今でもはっきり覚えている。家でもよく食べる野菜が、見た目も食感も全然違う食べ物になっていた。

「おいしい」を連呼しながらコースの皿を次々と空にする若葉に、岩永は「お誕生日おめでとう」と一冊の料理本をプレゼントしてくれた。洋食の基本レシピがたくさん載ったその本は、若葉に強烈な光となって届いた。

——レシピ通りに作れば、おいしいものが食べられるんだ！

若葉にとってその発見は救いであり、喜びであり、希望だった。革命と呼んでいい出来事だったと、若葉は今でも思っている。

とはいえ、その〝レシピ通り〟が難しく、〝適宜〟や〝適量〟や〝少々〟や〝火加減を見ながら〟という記述に、姉妹は何度も泣かされた。早々に嫌気が差した梢と違い、若葉は「次こそはおいしく」と闘志を燃やした。おかげでピラフやオムライスやハムエッグなど、簡単なメニューなら少しずつ作れるようになってきている。

あの日以来、誕生日には必ず連れていってもらっているピエトラ・ルナーレの味を思い出し、若葉は喉《のど》を鳴らしながら聞いた。

「シェフは岩永さんじゃないの？」

幹彦も疑わしそうな目でロールキャベツを頬ばっている。梢はべっ甲眼鏡を押し上げた。

「岩永さんも今まで通り作ってるけど、助手がついた。それが、理太郎くんのお母さん」

「へえ。理太郎のお母さん、すごいじゃん」

若葉は白米を甘くなるまで噛《か》みながら、理太郎のくりっとした目を思い出す。今夜、シェフのお母さんは、彼のためにどんなおいしいごはんを作ったんだろうと羨《うらや》ましくなった。

＊

十二月の終業式が近づいたある朝、若葉はお気に入りのブルゾンを羽織ったまま教室のベランダに出て海を眺めていた。海からの風はめっきり冷たくなり、空気も乾燥している。この間まで地続きだった空と海の色は、今では波の寒々しい白さが目立ちはじめた。

夏の終わりから伸ばしはじめ、肩を越した髪をいじりながら、若葉が冬のまばゆさに目をしばたたいていると、「おおーい」と下から甲高《かんだか》い声がする。身を乗り出さずとも、誰が登校してきたかわかった。若葉は大急ぎで〝今日の勝負〟を考えてから、手すりを摑んで体を跳ね上げる。

「おはよ。息止めて教室まで来られたら、理太郎の勝ち。どう？　勝負する？」

「する！　俺の息がつづかなかったら、若葉の勝ちな」

理太郎は細い腰をそらせて両手で丸を描くと、若葉から見てもわかるくらい頰をぱんぱんに膨らませて息を止め、さっそく駆けだした。どれだけくだらない勝負を仕掛けても、楽しそうに挑んでくれる理太郎のノリの良さは、若葉をいつも愉快な気分にさせる。この町に引っ越してきた保育園の頃から小学校五年の今までで、若葉にはたくさんの友達ができたが、若葉の提案するかなりバカバカしい遊びや単純な勝負に、理太郎ほどとことん付き合ってくれる相手はいなかった。

理太郎と遊んでいると、若葉は小さい頃に父や姉としたコロママゲームをよく思い出した。若葉があのゲームを「やりたい」と言うたび、父も姉も必ず付き合ってくれた。今、若葉は理太郎に対して、あの頃の父や姉に抱いていたのと同じ信頼を寄せている。ほんの二ヶ月前に転入してきたばかりの相手なのに、生まれる前からいっしょにいるような気安さを覚えていた。

若葉がベランダから教室に戻るのと、理太郎が小さな顔を真っ赤にして三階にある教室の扉をあけるのは同時だった。理太郎はぶはっと大きく息を吐き、咳《せ》き込んでしまう。

「ちょっと、だいじょうぶ？」

「勝ったよな、俺が？」

涙をにじませた赤い顔で聞かれ、若葉はしぶしぶうなずいた。

「——うん。理太郎の勝ち。わたしへの罰ゲームを考えていいよ」

やったーと両手をあげて喜んだあと、理太郎は若葉の顔をしげしげと覗《のぞ》き込む。

「何させる気？」

思わず身構えた若葉に向かって、理太郎は白い歯を見せた。

「よし、決めた。若葉の罰ゲームは、今日の放課後、俺の助手になること。学校帰ったらすぐ、緑地の入口に集合な」

理太郎が早口で言い切ると同時に、教室の扉がひらいて何人かが登校してくる。若葉と理太郎は口をとじて隣合わせの席に着いた。二人の遊びや勝負が学校外に持ち越されたのははじめてのことで、罰ゲームとはいえ若葉は少しわくわくする。隣の理太郎は頬杖《ほおづえ》をついて、視線を窓の外の海に向けていた。

小学校と隣接する緑地は、鎌倉《かまくら》市の南西部に広がる広大な都市林だ。里山の風情《ふぜい》を残す林道を進めば、西鎌倉方面に出ることもできる。緑地を一周すると一時間半から二時間かかり、途中には富士山や相模《さがみ》湾を眺める景観ポイントがいくつもある絶好の散歩コースとなっていた。

放課後、理太郎に言われたものをポシェットに詰めてあわてて緑地の入口に駆けつけた若葉より、理太郎は早く到着していた。大きなエコバッグを提《さ》げている。若葉はバッグの中身が何なのか尋ねたが、理太郎はにこにこ笑って白い息を吐くだけだ。

歩きだすとすぐ、畑や広場がある林道から大きく外れ、木々の茂る森の中へと分け入る。冬の寒さで草木の色は干からびていたが、どこからともなく青臭さが漂ってきた。

森の道なき道を五分ほど進み、理太郎の足が止まる。一本の木を指さし、宣言した。

「この上に、デンを作る」

「でん？　でんって、なあに？」

「デン。英語で〝巣〟って意味。手っ取り早く言えば、木の上の隠れ家」

「何それ。楽しそう！」

〝隠れ家〟という言葉にたちまち魅了され、若葉は瞳を輝かせて目の前の木を眺めた。幹が太く、枝は多い。高さはあまりなくて、上に行くほど枝が横に広がっていた。周りのどの木よりも木登りしやすそうに、若葉には見えた。

「じゃ、助手はさっさと木に登って。軍手は持ってきたよな？」

若葉はうなずき、ポシェットに入れてきた子ども用の軍手をはめる。ショートパンツの下にレギンスを穿《は》いてきてよかったと思いつつ、枝に手をかけて慎重に登っていった。身の軽いほうでないと自分でもよくわかっているので、手足を滑らせないよう細心の注意を払う。理太郎から指示された枝まで来ると、幹にしがみつくようにして座った。

「よし。そこで受け取って」

理太郎はエコバッグから何かを取りだし、放って寄越《よこ》す。荷物を固定するときなどに使うロープだった。若葉が用途を問う前に、理太郎は幹に吸い付くような軽やかな動きで登ってくる。そして若葉からロープを受け取り、一番太い枝にしっかり結わえ付けた。

「このロープを使えば、木の登りおりがだいぶ楽になるよ」

「ほどけない？」

若葉がロープを引っ張りながら尋ねると、理太郎の小鼻が膨らんだ。

「だいじょうぶ。巻き結びだから」

「まきむすびって、なあに？」

「ロープがゆるみにくい結び方。俺、東京にいたときはボーイスカウトに入ってたんだ。いろいろなロープの結び方を習ったよ。あと、デンの作り方も」

ボーイスカウトという響きから想像する少年のイメージと、自分より小柄で華奢なシマリスっぽい少年が、すぐには結びつかず、若葉はまじまじと理太郎を見つめた。

「今は？　ボーイスカウトにはもう入ってないの？」

「うん。活動場所が遠くなっちゃったから、お休み中。近所の団に移ってこられるみたいだけど、沙斗子《さとこ》が忙しそうだし」

沙斗子という名前に反応した若葉に気づき、理太郎は早口で付け足した。

「あ、沙斗子っていうのは、俺の母さんな」

「名前で呼んでるの？　お母さんのこと、呼び捨てにしてるの？」

「うん」とあっさりうなずくと、理太郎はロープを掴み、木の幹を蹴《け》るようにして軽々とおりていく。そして今度はそのロープでエコバッグを縛り、若葉に声をかけた。

「引っ張り上げて」

言われた通り、若葉はロープをたぐってエコバッグを引き上げる。けっこう重かった。

疲れも見せずロープも使わずふたたび登ってきた理太郎が、エコバッグからさらに何本ものロープを取りだす。

「手分けして、このロープを木に張り巡らせよう。デンの屋根と壁の骨組みを作る」

「わかった」とロープを何本か受け取った若葉に、理太郎は巻き結びのやり方を教えてくれた。一度では覚えられない若葉のために三度実践してみせ、若葉が実際に結んでみせると、手を叩いて褒《ほ》めてくれる。若葉は楽しくて、自分の頬がゆるむのがわかった。

理太郎の的確な指示によって枝から枝へと張り巡らされたロープは、小学生二人がその中に入って太い枝に腰掛けたり、寝転がったりできるスペースを作り上げた。間隔の狭い二つの枝の間にロープを何回も通して、座ったときの背もたれや足置きも作った。

「これで、のんびりくつろげるよ」

「でも、丸見え。全然隠れ家っぽくない」

若葉が周囲を見まわし、眉《まゆ》をひそめる。理太郎はふふっと肩を揺すって笑い、エコバッグからガサガサ音をさせて緑色の大きなシートを取りだした。

「防水シートを上からかぶせて完成だ。雨が降ってもだいじょうぶだし、風も防げる」

ロープをたわませずしっかり屋根と壁の骨組みを作ったおかげで、シートの重みがかかっても、隠れ家はびくともしなかった。シートが風に舞い上がらないよう、隅《すみ》をロープや枝と結びつける。シートに覆《おお》われたとたん視界も音も遮られ、しんとした狭い世界が完成した。緑みがかった理太郎の顔を見て、若葉はささやく。

「隠れ家になったね」

「あったかいだろ」

「うん。それにすごく静か。世界にふたりぼっちみたい」

言ってから、若葉は少しきまり悪くなる。理太郎は特に気にした様子もなく、軍手を外しながら「そうだな」とあっさり応じた。それでも若葉はまだ気恥ずかしく、強引に話題を探し、以前夕飯を食べながら家族とした会話を思い出す。

「理太郎のお母さん、ピエトラ・ルナーレのシェフなんでしょう?」

「うん。何で知ってんの?」

「お姉ちゃんが言ってた」

「若葉、お姉ちゃんいるんだ?　何年生?」

「中一」

理太郎はくりっとした目をさらに丸くして、自分は一人っ子だから、姉妹がいる若葉が羨ましいと告げた。

「まだわかんないじゃん。これから理太郎にも弟か妹ができるかもよ?　優亜ん家《ち》は、この八月に弟が生まれたばっかりだって」

「いや、俺ん家ではありえない」

理太郎は妙に悟った顔できっぱり言い切り、エコバッグからタッパーを取りだす。中には、ケーキみたいに切り分けられた黄金《こがね》色の食べ物が入っていた。

「食べる?　フリコ。イタリアのお好み焼きみたいなやつ」

「食べる!　いただきます」

さっそく手を伸ばして頰ばる若葉を嬉しそうに眺め、理太郎は自分も一切れつまんだ。

低い気温のせいですっかり冷たくなっていたものの、カリッと焼き上げられたチーズが、ジャガイモとタマネギにからまり、噛むたび旨《うま》みがじゅわっとしみ出す。食感は軽いが、お腹《なか》に落ちた瞬間にずしりと重みが出てくる食べ物だった。

「おいしい」を連呼する若葉に向かって、理太郎は言った。

「沙斗子は一人で俺を産んで、育ててる。お父さんは最初からいない。だから、兄弟も生まれない」

唐突とも自然ともいえる理太郎の告白を聞き、若葉はまず口の中に残っていたフリコを喉に落としてから言った。

「それを言ったら、わたしも三歳のときにお母さんが死んじゃったから、この先兄弟が増える可能性はないかな」

「え。若葉ん家、お母さんがいないの？」

「そうだよ。顔も声も覚えてない。そこは理太郎と同じだね」

どんな表情をすればいいのかわからないという混乱がそのまま現れた顔で、理太郎はこくりとうなずいた。若葉は油で光った指を舐《な》めながら尋ねる。

「これ、本当においしい。

「いや、沙斗子だけど」

「そっか。今度、わたしも作ってみたい。レシピ教えてほしいな」

「沙斗子に聞いとくよ」と理太郎は勢い込んで請け合い、タッパーからもう二切れ取り出す。若葉に一切れ渡し、もう一切れは自分でかぶりついた。

理太郎の咀嚼音《そしやくおん》の合間に何か聞こえた気がして、若葉は「ちょっと」とひとさし指を唇の前で立てて、耳を澄ました。

「外に——誰かいる？」

理太郎が動きを止める。北風に防水シートがばたばた揺れるなか、たしかにか細い声がしていた。

「鳴き声？」

理太郎がつぶやき、身をよじって防水シートをめくり上げる。

「ああ、やっぱりそうだ。猫が来てた」

猫と聞いて、若葉は枝をそろりと移動し、理太郎の脇から木の下を覗いた。丸い尻を向けて白猫が座っている。楕円《だえん》に近い頭の形と太くて短いシッポに、若葉は見覚えがあった。

「もしかして——ジョン？」

白猫がのっそり木の上を振り仰ぐ。理太郎の目がまん丸になった。

「あの猫、ジョンって名前なんだ？　誰かの飼い猫？」

「たぶん野良猫だと思う。町のあちこちで見かけるし、いろいろな人がいろいろな名前で呼んでるみたいだし」

若葉が首を横に振ると、理太郎は合点したように白猫に向かってうなずいた。

「俺も引っ越してきたその日にウチの前で会って、やたら人懐こくすり寄ってくるから、水をあげたよ」

「人懐こい？　ジョンが？　わたしにはいつも愛想ないけどなあ。はじめて会ったときなんて――あ、四歳くらいのときね――へへーんってバカにしたように嗤《わら》ったんだよ」

「猫が？」

「そう。これ、本当の話だからね」

ジョンに嗤われた話を、若葉は父と姉にもう百回くらいしている。幹彦はともかく、そのとき若葉といっしょにいたはずの梢すら、年々、眉唾物《まゆつばもの》を見るような目つきになってくるのが、若葉は常々不本意だった。つい声が大きくなったのは、そのせいだ。

木の下で、ジョンは喉の奥が見えるほどの大あくびをした。またバカにして、と苛立《いらだ》つ若葉の横で、理太郎が感心したように言う。

「へえ。おもしろい猫だと思ってたけど、嗤ったりもできるのか。さすがだなあ」

ジョンは真顔のまま若葉と理太郎を見比べていたが、おもむろに後ろ脚で立ち上がり、前脚の爪《つめ》を木の幹にあててがりがりと研ぎだす。そのまま木登りしてくるのかと思いきや、また前脚を胸の下で折り畳み、根元にうずくまった。ツチノコみたいなそのフォルムを、理太郎は宙に遊ばせた指でなぞり、首をかしげる。

「それにしても、何で若葉はジョンなんて犬っぽい名前を付けたんだ？」

「わたしが名付けたんじゃない。ジョンの相棒がそう呼んでたんだよ」

若葉はそう言って、逃げ去る記憶を追うようにシートの屋根や壁を見回した。

「マキちゃんっていう女の子。昔に一度会ったきりだから、顔は全然思い出せないけど」

「ふーん。そのマキちゃんって子は、猫の〝相棒〟なんだ？」

理太郎の瞳が若葉を真ん中に捉《とら》える。からかうつもりだろうか、と若葉は身構えた。ジョンにはあれから何度も町の中で出くわし、向こうが友好的な姿勢を見せてくれたときは撫《な》でまわしてきた。友達といるときに会い、友達といっしょに撫でたこともある。そういうとき、若葉はけっして「ジョン」とは呼びかけなかったし、はじめてジョンに会った日やマキという相棒の話も持ち出さなかった。だからこそ、理太郎にすらすら打ち明けてしまった自分が意外だったし、理太郎の反応が気になった。

固唾《かたず》をのんで次の言葉を待つ若葉に、理太郎はあっさり言う。

「じゃ、これからは俺も〝ジョン〟って呼ぼう」

防災行政無線チャイムが、『夕焼け小焼け』のメロディを奏でた。

*

新しい年が明け、学校がはじまってすぐの日曜日。若葉は梢を誘って、キッチンに立った。

若葉が熱したフライパンにオリーブオイルを引くと、梢がスライスしたジャガイモとタマネギを手早く投入する。

「若葉、火加減お願い」

「オッケー。ええと――〝最初は中火〟か」

シンプルな便箋《びんせん》に力強く書き込まれたボールペンの文字を目で追い、若葉はガスコンロのつまみを調節する。理太郎から渡されたフリコのレシピは、便箋の罫線《けいせん》を無視して斜めに綴《つづ》られていた。沙斗子みずから手書きしてくれたという。

「こんな強い火で調理するの？　すぐ焦げちゃいそう」

梢が心配そうに眼鏡を押し上げる。木べらを使う手つきがたどたどしい。若葉が「代わろうか、お姉ちゃん？」と聞いたところ、何の躊躇《ちゅうちょ》もなく木べらを託された。

幼い頃から知らない言葉を自分なりのやり方で調べる子どもだった梢は、小学校に上がる前から文字だけの本に親しむようになった。本人の申告によると、小学校の図書室にある本は卒業までにすべて読み終え、今は中学校の図書室を攻略中だそうだ。あまり文字を追うのが得意ではない若葉は、そんな姉を素直に「すごいな」と尊敬する一方で、「本を読むこと以外も、もうちょっとがんばれ」と思っている。知識はあっても実践力に乏しい梢に代わって、今では家事全般、若葉のほうが要領良くこなしていた。

梢が顎《あご》の下で切り揃えた髪を揺らして、フライパンを覗き込む。髪型もヘアアレンジもころころ変える若葉とは対照的に、梢は幼い頃からずっとこの長さのボブヘアだ。

「火、通ってる？　レシピには〝透明になるくらいまで炒《いた》める〟って書いてあったけど」

「だいじょうぶ、だいじょうぶ。料理って応用だから」

いっぱしの口をきく若葉を「〝応用〟って意味わかってる？」と睨《にら》みつつも、梢は引き下がってくれる。

十分に火を通し、あとから投入したチーズが煮立ったところで、若葉は具材をいったんフライパンからバットに移した。指さし確認しながらレシピを眺めている梢に、ややぞんざいな口調で頼む。

「潰《つぶ》すのは、お姉ちゃんがやって」

「はいはい」

梢は幼児をあやす口調で応じ、木べらを手に取った。そんな姉の対応に納得がいかず、若葉は口を尖《とが》らせる。

「サボってるわけじゃないよ。ちょっとお腹痛いから、休憩すんの」

「また？　昨日もお腹痛いって言ってなかった？」

柔らかくなったジャガイモとタマネギを丁寧に潰しながら、梢が振り向く。

「まあね。給食食べすぎちゃったかなあ」

若葉は冗談めかしたが、梢は眉を寄せたまま、厳然と言い渡した。

「腹痛がつづくようなら、病院で診《み》てもらいな」

「んー。明日も痛くなったら、考えてみる」

「考えるんじゃなくて、行きなさい、病院に。わかった？」

亡くなった母の千咲《ちえみ》は、幼い梢と生まれたばかりの若葉を抱えて自身の体調不良にまで気がまわらず、医者にかかるのが遅れた。ずいぶん前に幹彦がうっかり口を滑らせたその事実が、こと病気に関して梢を心配性にした。以来、幹彦や若葉が少しでも体調を崩すと、梢はすぐに「病院に行け」と命じてくる。もちろん梢自身もちょっと異変を感じただけで行く。こうして、三雲家は近隣にある各種医院の常連となっていた。

若葉はお腹をおさえてダイニングチェアに腰掛けながら、話題を変える。

「でも、やっとフリコが作れてよかった。理太郎からレシピをもらったの、クリスマス前だもん」

「年末年始は、家族全員インフルエンザに罹《かか》っちゃったからねえ。そういえば若葉、理太郎くんとの隠れ家遊びはまだつづいてんの？」

「うん。いつもロープを木に結ぶところからはじめて、帰るときにはそのロープを全部ほどいてるから面倒くさいけど、おもしろいよ。日によって隠れ家の場所を変えられるし」

「ふーん」と感心したような呆《あき》れたような声をあげ、梢はふと若葉を見据えた。

「若葉と理太郎くんって、付き合ってるの？」

若葉はこの三ヶ月の間に何度となくクラスメイトや他のクラスの知らない子から似たような質問を投げかけられてきたことを思い出し、頭の血がさっと下がった。

「は？　何それ？　何でそうなるの？」

顔を青ざめさせて噛みついてくる若葉の剣幕に、梢はずれた眼鏡を押し上げる。

「や、ごめん。この間、ウチのクラスの子に聞かれたから——」

「何で中学生がそんなこと気にすんの？」

「それは——二人がいつもいっしょにいるからじゃない？　あんまりいないじゃん？　男女二人きりで遊ぶ子。目立つんじゃないの？」

若葉は唇を噛んだ。

「理太郎は大事な友達。好きかどうか、いちいち考えたことない。考えなくていいくらい、大事なんだよ。男子か女子かなんて関係ない」

「——そっか。うん、わかった。変なこと聞いて、ごめん」

頭を下げてくれる梢に、若葉はどう言葉を返していいかわからない。ダイニングチェアから荒々しく立ち上がり、頬を膨らませたままフライパンに油を引いた。

「もうだいたい冷めたよね。貸して」

ぶっきらぼうに言ってバットを取り上げる若葉に、梢はおとなしく従ってくれる。若葉は沙斗子が書いてくれたコツ通り、バットの中身をフライパンの底より小さめの円に広げた。ジュジュジュッと音がして、チーズの香ばしいにおいが立ちのぼる。

「おいしそう」と姉妹の声が揃った。梢と顔を見合わせ、若葉はやっと笑顔に戻れた。

翌朝の月曜日、登校してくる理太郎を待ち構えて、若葉は沙斗子のレシピのおかげでフリコがおいしく作れたことを報告する。理太郎は白い歯を見せて喜んでくれた。

「俺も自分で作ってみようかな」

「本当？ じゃ、同じレシピで作って、どっちがおいしくできるか勝負しよう！」

「受けて立つ！ 学校にはフリコを持ってこられないから――あそこで試食だな」

隠れ家のことをほのめかし、理太郎はくりっとした目を細める。

担任の葛木先生が入ってきたのは、そのときだ。始業チャイムよりだいぶ早い登壇に、教室にいた生徒達がざわめいた。

ウールジャケットからフリルの立ち襟《えり》を覗かせた葛木先生は、指揮者のように手を振って場を静めると、いつもより低めの声で言った。

「小橋くん、三雲さん、ちょっと職員室まで来てくれますか？」

新学期早々行われた席替えでも偶然また隣になった理太郎と若葉は、顔を見合わせる。

そんな二人の様子を、教室にいる全員が注目する。葛木先生は早口で付け足した。

「朝の会は、日直さんと委員長でやってちょうだい。もし一時間目がはじまったら、先生が戻ってくるまで自習ね。いい？」

気圧《けお》されたようにうなずく生徒達をぐるりと見まわし、若葉と理太郎が立ち上がったのを確認すると、葛木先生は童顔のかわいらしさを打ち消すような堅い表情のまま、教室を出ていく。若葉はお腹に突っ張るような痛みを覚え、前屈《まえかが》みになってなるべくゆっくり歩いた。そこへ後ろから来た理太郎が『ドナドナ』を小声でハミングするものだから、たまらず吹き出してしまう。

「ちょっと、やめて。笑わせないで、こんなときに」

「あ、ごめんな」

理太郎の声はあくまでも明るく、屈託《くったく》がなかった。

職員室に入ったとたん、他の先生達の視線が若葉と理太郎に刺さってくる。

葛木先生は書類の積み上がった机の脇にパイプ椅子を二つ並べた。そこへ若葉達を座らせたあと、自分もキャスター付きの回転椅子に腰掛け、開口一番に問いかける。

「あなた達、広町《ひろまち》緑地の木にロープを縛ったりビニールシートをかけたりの悪戯《いたずら》をした？」

「悪戯――」

「近隣の方から名指しで苦情が来たのよ。正直に答えてちょうだい」

ここでチャイムが鳴り、周囲の先生達が一斉に立ち上がる。教室へ向かう彼らの背中を見送ってから、葛木先生はふたたび若葉達に向き直った。片方の眉だけ上がっている。

重苦しい雰囲気にのまれる若葉に代わって、理太郎がボーイソプラノの声で答えた。

「木にロープを縛ったりシートをかけたりはした。でも悪戯じゃない。隠れ家作りだ」

葛木先生は若葉から理太郎に目を移し、「隠れ家？」と語尾を上げる。理太郎はうなずき、もう一度「悪戯じゃない」と繰り返した。葛木先生は困ったように額に手を置く。

「あのね、広町緑地は都市林と呼ばれる場所で、鎌倉市の管轄なの。要するに、鎌倉市民みんなで大事にすべき自然なの。わざとはもちろん、わざとじゃなくても、木を傷つけるような真似《まね》をしちゃいけないわ」

「傷つけてません」

今度は若葉が声をあげたが、葛木先生は首を横に振った。

「そうかもしれない。だけど、可能性はあったでしょう？　隠れ家で遊んでいるときに枝が折れたり、幹が傾いたりする可能性が」

そんな可能性にまで思い至らなかった若葉は、理太郎と顔を見合わせ「はい」と力なくうなだれる。葛木先生は額に置いた手を離し、言いにくそうに付け足した。

「それに——森の中で男の子と女の子が二人きりでシートの中にこもって遊ぶことを、あまりよろしくないと見る大人もいるの」

「男子と女子は二人で遊んじゃいけないんですか？」

顔を強《こわ》ばらせた若葉をなだめるように、葛木先生は声を和《やわ》らげた。

「もちろん遊んでいいのよ。男女問わず仲良くするのはいいことよ。先生はそう思ってる。でも、いろいろな人がいろいろな万が一を考える世の中だから――」

「だから、学校に苦情を入れる人もいる？」

葛木先生が濁《にご》そうとした言葉を、理太郎が引き取ってつづける。葛木先生は苦い顔でうなずいた。つまり見ず知らずの大人が、自分と理太郎を変な目で見ていたってことだ。若葉は悔しさで体がかっと熱くなり、その熱が伝わったお腹に鈍い痛みを感じる。

「バカみたい」

漏れ出た言葉はうねりを打って、若葉に戻ってくる。たまらずパイプ椅子から立ち上がろうとした瞬間、若葉の下腹部から下半身にかけて奇妙な感触がした。何かが滴り落ちていくと共に、体の芯《しん》が抜けそうになる。若葉はとっさに両手でお腹を抱えた。そのまま椅子に崩れ落ちると、葛木先生がぎょっとして腰を浮かす。

「三雲さん？　どうしたの？」

「お腹――痛い」

「えっ。マジ？　痛いのは、お腹のどこらへん？」

あわてすぎて思わず素《す》のくだけた言葉遣いが出てしまった葛木先生をよそに、理太郎が立ち上がる。若葉の肩を掴み、ぐいと自分のほうに寄せた。着ていた青色のジップパーカを脱いで、素早く若葉の腰に巻きつける。

「歩ける？」

「え、うん」

若葉がぼんやりうなずくと、理太郎は「じゃ、早く」と若葉を立たせ、職員室のドアへと向かった。

「ちょっと！　あなた達、どこ行くの？」

我に返った葛木先生が叫ぶ。理太郎は振り返ることなく宣言した。

「俺、保健委員だから。三雲さんを保健室に連れていきます」

「待って。保健室なら、先生もいっしょに——」

葛木先生はあわてて追いかけようとして、机にうずたかく積んであった書類を床にばらまく。「ああっ」と絶望的な声をあげてしゃがみこむ先生の背中に、理太郎が声をかけた。

「先、行ってます」

理太郎と二人で職員室から出ると、若葉は急にきまり悪くなって、腰に巻いた理太郎のパーカを取ろうとした。その手を、理太郎がおさえる。

「ダメだよ。巻いておきなよ」

「何で？」

「スカートが——汚れてるから」

「えっ。チョークの粉でもついてる？」

あわてて腰をひねってスカートの後ろ側をたしかめようとする若葉に、理太郎はいたって自然に言う。

「お腹痛いのは、セイリのせいだろ？　保体の授業でもやったし、沙斗子からも聞いてる。突然来て困ることも多いって。若葉の今日のスカートは、色が薄いから——」

若葉はやっと自分のスカートが何で「汚れてる」のか、理解した。理太郎が自分のどこを見て、何を隠してくれたのかも。

次の瞬間、パシンと乾いた音がして、理太郎の声が止《や》む。頬をおさえて目をまん丸にした理太郎の顔を見て、若葉は彼の薄い頬を張ったのが、自分の手であることを知る。じんじんと熱を持ち赤くなってくる指先を、黙って見つめた。指先の熱は、若葉の手首から腕、首から頭、やがて上半身から下半身と、全身に伝わり、熱いのか痛いのかよくわからない不快感へと変化する。

若葉はとっさに回れ右して、走りだした。お腹の痛みは感じない。理太郎が追ってくる気配がしたので、若葉は前を向いたまま叫ぶ。

「来ないで」

自分の声ではないような金切り声があがり、追ってきていた足音が止んだ。「若葉」とか細い声で呼びかけられたが、若葉は振り向かなかった。今ここで、泣いている顔を理太郎に見せたら一生の負けになる気がして、若葉は振り向けなかった。

無断で小学校を飛び出してしまってから、もう三日経つ。経血の量はだいぶ少なくなり、若葉の恥ずかしさと正体不明の怒りの感情もだいぶ収まったが、学校へ行く気にはなれずにいた。

あの日、若葉は梢が中学校から帰るのを待って、何があったかを包み隠さず話した。来るべき自分の初潮の日に備えて準備していたナプキンやショーツを、そっくりそのまま妹へ譲ることになった姉は、泣きじゃくる若葉の頭をずっと撫でてくれた。

父の幹彦は、梢から間接的に事情を聞いたらしい。若葉がそれを望んだからだ。その後、幹彦の態度はいつもと変わりなく、「おめでとう」なんて言葉を口にしたり赤飯を炊いて祝ったりはしなかった。ただ、学校を休みつづける若葉に何も言わないなんて、いつもの幹彦なら考えられないことで、若葉はそこに父の戸惑いと気遣いを感じている。

理太郎のジップパーカは若葉自身がすぐに洗濯し、優亜に頼んで本人に返してもらった。優亜はさほど近所でもないのに配達係を買って出てくれ、毎朝夕ごと若葉の家に寄って、連絡帳なりノートなりクラスメイトや担任からの手紙なり伝言なりを運んでくれた。担任を含めたクラス全員が〝体調不良〟を気遣うメッセージを書いてきたので、若葉は父や理太郎が自分の欠席の本当の理由を伏せておいてくれたことを知った。

夕方、若葉がベッドに起き上がって、いつものように優亜から受け取った連絡帳とその日の授業で使ったプリントに目を通していると、梢が中学校から帰ってきた。部活動をしていない梢の帰宅時間は、小学生とあまり変わらない。「おかえり」「ただいま」と挨拶《あいさつ》を交わしたあと、梢は制服のまま若葉のベッドの脇に立った。

「これ、あげる」

唐突な言葉と共に梢の拳《こぶし》が突き出され、若葉はプリントから目を上げる。梢のうりざね顔がずいぶん遠くにあるように感じられた。小さい頃は若葉に抜かされそうだった姉の身長は、小学校に入ってからぐんぐん伸びて中学一年生の今、同学年の女子の中では一番か二番目に高いらしい。体型のほうは幹彦に似て相変わらず痩《や》せっぽちのままだから、余計にひょろひょろと高く見えた。お姉ちゃんの背を抜かすことはもうできそうにないなと、ぼんやり思いながら、若葉は「なあに？」と尋ねる。

ぱっとひらかれた梢の掌《てのひら》の上には、小さく畳まれたメモ用紙がのっていた。

「さっき家の前で、理太郎くんから〝若葉に渡してください〟って頼まれた」

「理太郎が、家の前で待ってたってこと？」

「若葉が寝てたら起こしちゃうからって、ピンポン鳴らさなかったみたいよ。私が帰宅部でよかったね」

梢は若葉の手を持ち、やや強引にメモ用紙を握らせる。べっ甲眼鏡のレンズ越しに、梢の切れ長の目が若葉を射貫《いぬ》いた。

「〝大事な友達がいる人生ほど、素敵なものはない〟――って、私の好きな小説『瀬をはやみ』の主人公、波月《はづき》が言ってた」

梢が空になった掌をひらひらと振って部屋を出ていくのを待って、若葉はメモ用紙をひらく。何が書かれているのだろう、若葉のびんたを理不尽に思っての文句か、抗議か、絶交宣言か、果たし状か、と悪い想像ばかりが膨らむ。見たくないと目をつぶりそうになるのを必死でこらえて、理太郎の大きく角張った文字を追う。やがて、若葉の口がぽかんとひらいた。

――あしたの夜七時、三雲家のみなさまをディナーにごしょう待します。ピエトラ・ルナーレまでおこしください。小橋家一同より

何度読み直しても、そのメモ用紙は理太郎からの招待状だった。

＊

「じゃ、先行っとくぞ、若葉」

「待ってるからね」

玄関に並んだ父と姉は、ふだんのカジュアルな恰好《かっこう》とは対照的な服に着替えていた。

「わたしも着替えたら、すぐに追いかけるから」

「おう。鍵《かぎ》かけるの、忘れないようにな」と言っていったんドアをしめた幹彦だったが、またすぐにあけ、笑顔でわざわざ付け足す。

「みんな、待ってるからな」

「——ちゃんと行くってば。だいじょうぶ」

ふたたび玄関のドアが閉まると、若葉はため息と共に自分の服を見下ろした。おめかししたいのに、なかなかしっくりくる洋服がない。さんざん悩んで結局、去年の誕生日に買ってもらったワンピースの上から紺色のピーコートを羽織って、家を出た。

澄んだ夜空に星がまたたくなか、若葉はコートのポケットに手を突っ込み、鼻をすって歩いていく。坂道を少し上がり、十字路で右折し、また坂を上がる。上がってきた坂を振り返るたび、その下に海があるのを感じた。暗くて見えないし、波の音もここまでは聞こえてこない。けれど、と若葉は夜空を見上げる。海の存在感が、七里ヶ浜の町をドームのようにすっぽり覆っていた。

桜並木の散歩道がつづく商店街にさしかかったところで、しかし、若葉の足は止まる。理太郎と久しぶりに会うプレッシャーが、見えない壁となって立ちふさがっていた。今日の洋服がなかなか決まらなかったのも、坂の途中で何度も後ろの海を振り返ってしまったのも、同じ壁のせいだろうと、今さら思い当たる。

若葉は前方にあるはずのピエトラ・ルナーレに背を向ける形で、回れ右をした。

——お父さんが心配した通りだ。わたしって、少しでも嫌なことがあると逃げちゃう。初潮を理太郎に気づかれたときも、保育園で母の似顔絵を描いたときもそうだったと、若葉は苦い思いを噛みしめる。姉の描いた母の似顔絵が自分の知らない母だったことにショックを受けて、保育園を脱走したあの頃から、自分はまったく成長していないと泣きたくなりながらも、若葉は一歩また一歩とピエトラ・ルナーレから遠ざかった。

「若葉ちゃん？」

ふいに天上から呼び止められた気がして、若葉はあわてて夜空を振り仰ぐ。外灯の光が狙い澄ましたように顔を直撃し、目がくらんだ。何度かまばたきを繰り返し、ようやく慣れてきた若葉の目は、電柱の脇に白いオーバーオールを着て立つ女の子を捉える。外灯の光の下からはみ出た輪郭が、あいまいに煙っていた。

「やっぱり若葉ちゃんだ。久しぶり。わたし、ジョンの相棒のマキ。覚えてない？」

若葉は反射的に「マキ」と少女の名前を繰り返した。名前の響きこそ覚えているが、四歳の頃に一日だけ遊んだ女の子の記憶は、若葉の中で限りなく薄れていた。焦茶に近い髪の色や顔立ちの華やかな印象に「そう言われてみれば」とうっすら既視感を覚える程度だ。

だからこそ、若葉はマキが自分を覚えていてくれたことを嬉《うれ》しく思った。あらためて正面から向き合い、若葉はマキに見惚《みと》れてしまう。

——マキちゃんって、こんなにおしゃれでかわいい子だったんだ。

若葉の不躾《ぶしつけ》な視線にはかまわず、マキは少し離れた位置で小首をかしげていたジョンを手招きする。ジョンは左右で色の違う目を光らせ、肉付きのいい体を揺らして、のそりのそりと歩み寄った。マキは「よいしょ」と声をあげながらジョンを抱き上げ、お腹のやわらかい毛に鼻をこすりつける。その状態のまま、商店街の方角に向いた。

「若葉ちゃんもこっちに用事？　よかった。わたしもなんだ。いっしょに行こう」

質問に対する若葉の答えを聞く前に、マキはジョンを抱いてすたすた歩きだす。おのずと若葉も正しい目的地に向かうしかなくなった。

マキは商店街を抜けたさらに先に、迎えを待たせているのだと言う。

「迎えって、おうちの人？」

「ん。まあ、そうね」

「外はもう暗いから、心配してるんじゃない？」

「それは、若葉ちゃんのおうちの人もじゃない？」

思いがけずやりこめられ、若葉は唸《うな》った。マキはにこにこしたまま言葉をつづける。

「若葉ちゃんは、これからどこへ行くの？」

「——ピエトラ・ルナーレ」

「ああ。あのおいしいレストラン？　いいねえ。おうちの人もそこに？」

「いる。あと、友達と友達のお母さんも待ってる」

「仲良しなんだ」

マキがさらりと口にした「仲良し」という言葉は、どこかすがすがしい響きがあり、若葉は自分の心を巻き結びで縛っていたロープがほどけていくのを感じた。

「そう、仲良し。マキちゃんは大事な仲良しっている？」

「いるよ」

「それは女子？」

「女子も男子も。たくさん！」

マキの屈託のない「たくさん！」に驚いたのか、ジョンがオッドアイをまん丸にしてもぞもぞ体をよじる。マキが抱いていられなくなって地面におろすと、ジョンは上目遣いで小さく鳴き、少し距離をとってあとをついて来た。

「男子も、大事な仲良しなんだね」

若葉が顔を輝かせると、マキはうなずく。

「そりゃそうだよ。若葉ちゃんにだっているでしょ？　男子の大事な仲良し」

「うん。ピエトラ・ルナーレで待ってる子は、男子」

「へえ」

マキの「へえ」以上でも以下でもない相槌《あいづち》に、若葉は救われた気がした。

桜並木に沿って休憩用のベンチが置かれた広い石畳をマキとお喋《しゃべ》りしながら歩いていると、あっというまにピエトラ・ルナーレに到着する。

いつも前の道路に出ている立て看板はしまわれており、看板を照らすライトも消えていた。若葉はそこではじめて、今日が店の定休日であることを知った。

マキが手を振る。

「じゃあね、若葉ちゃん」

「あ、ちょっと待って。マキちゃんなら、久しぶりに会う大事な仲良しにどんな顔をする？」

あわててすがりつく若葉を見つめ、マキは内緒話をするようにささやいた。

「まず、その仲良しの顔をまっすぐ見る。次に、仲良しの表情を真似する。それだけ！」

「それだけ？」

マキは若葉の拍子抜けした顔を見て、おかしそうに笑い、雑誌モデルさながらの完璧なウィンクをしてみせる。

「きっと楽しい夜になるよ」

言いきると、マキは「じゃあね」と背中を向けて駆けていった。心細さを抱えて見送っていた若葉の背中越しに、ドアのひらく音がする。理太郎のボーイソプラノがつづいた。

「いらっしゃい、若葉」

若葉は震えだした体の向きを無理やり変えて、足元に落ちそうになる視線を上げた。マキの助言に従って、目を逸らさずに理太郎の顔を見る。理太郎は普段通り、くりっとした目を輝かせて、にこにこ笑っていた。こんな自然な笑い方はとても真似できないと、若葉を絶望が襲ったが、せめて笑顔くらい作ろうと無理やり口角を上げてみる。理太郎がはっと表情を引き締め、身構えながら尋ねた。

「何？　にらめっこ勝負？」

「違うよ！　何で久しぶりに会って、いきなりにらめっこすんのよ」

「でも若葉、変な顔してるから」

「ひどい！　変な顔なんてしてないよ。〝久しぶり〟って挨拶代わりの笑顔だし」

とっさに言い返しながら、若葉は吹き出した。理太郎がすでに変な顔を作っていたからだ。「あ、違うの？」とあっさり素の顔に戻るのもおかしくて、若葉は笑いつづける。

理太郎はドアをあけて、若葉が入るのを待っていた。若葉は後ろを見る。マキが去ってもその場に残っていてくれたジョンが、挨拶するようにひょいと片方の前脚を浮かした。人間みたいなその仕草と二重顎になった丸い顔が愛らしく、若葉は笑顔のままジョンに手を振り、理太郎といっしょにピエトラ・ルナーレのドアをくぐった。

＊

沙斗子は中性的な雰囲気を漂わせた女性で、その顔立ちは息子の理太郎とよく似ていた。

「いらっしゃいませ。はじめまして。お待ちしておりました、若葉ちゃん」

そう言って頭を下げると、沙斗子は茶色のベレー帽をかぶり、カウンター席の真向かいにあるオープンキッチンタイプの厨房《ちゅうぼう》にきびきびと入っていく。

若葉が幹彦と梢の待つ四人掛けのテーブル席につくと、理太郎がドリンクメニューを持ってやって来た。幹彦がメニューを若葉に見せながら、理太郎に告げる。

「僕はベルモット」

「わたし、ブラッドオレンジジュース」

「あ、わたしもお姉ちゃんと同じやつ」

メニューをほとんど見ないまま、若葉は梢の注文にのっかった。理太郎は厨房の沙斗子に向かって、はきはきと三雲家のオーダーを復唱してみせる。

ほどなく用意された飲み物を前に、幹彦がいきなり立ち上がった。赤みがかった液体の入ったグラスを厨房に向かって高く掲げる。

「小橋さん、理太郎くん、お招きありがとう。若葉を連れて来られて、嬉しいです」

もう酔っているのかと若葉が怪しむくらい、幹彦は上機嫌で挨拶した。

沙斗子は厨房で生野菜を皿に盛りつけていたが、幹彦の言葉に顔を上げてにこりと笑う。その笑い方まで理太郎とそっくりで、若葉は沙斗子に親しみを覚えた。

一品目は、二連になった長皿に二種類の料理がのっていた。理太郎の給仕が終わると、沙斗子がわざわざ厨房から出てきて説明してくれる。

「前菜となります。こちらのカラフルなほうが、サラミとフルーツと季節の野菜のサラダ仕立て。ローズペッパーとレモンドレッシングがかけてあるのでこのままお召し上がりください。もう一つは、お魚の鰆《さわら》にパルミジャーノチーズをまぶして焼きました。鰆の上にのっているのは——若葉ちゃん、何かわかる?」

突然出されたクイズに、若葉は目を白黒させる。理太郎が嬉しそうに口を挟んだ。

「ヒント。俺が作った」

「理太郎が?」

「そうなの。〝どうしてもこれだけは自分が作って、若葉に食べてもらいたい〟と理太郎が言い張って——」

そっくりな顔が二つ並んで若葉を見下ろす。若葉は閃《ひらめ》きをそのまま口にした。

「フリコだ」

「正解」と理太郎は歓声をあげ、沙斗子が小さく拍手する。

「チーズオンチーズの味わいを楽しんでみてね」

沙斗子と理太郎が一礼して厨房にさがると、若葉はさっそくフリコをフォークとナイフで切り分け、まずはフリコだけ口に入れて嚙みしめた。今日のフリコはあたたかい分、野外の隠れ家で食べた冷たいそれよりやわらかい。次にチーズの衣に包まれた鰆といっしょに食べてみる。

「おいしい。チーズの味がすごい」

「〝すごい〟って何よ。語彙力《ごいりょく》ないなあ」

呆れたように眼鏡を押し上げる梢に、若葉は口を尖らせた。

「すごいは、すごいだよ。とにかく、おいしいの」

言葉が出てこないぶん、若葉が全身全霊を込めて「おいしい」を連発するたび、理太郎は白い歯を見せて「ありがとう」と言いつづけた。

ワタリガニとフレッシュトマトのクリームパスタを口に運びながら、幹彦が感嘆する。

「岩永さんに、いい後継者ができましたね」

「いいえ。まだ継げるレベルには達してません。日々勉強です」

沙斗子の謙虚な言葉に、幹彦は「偉いなあ」とまた感心した。対照的な性格をしているように見える大人二人を見比べ、若葉は笑ってしまう。そして胸の奥に灯《とも》る光に気づく。

デザートには、イチゴがたっぷりのったティラミスが出てきた。

「これも理太郎くんのお母さんが作ったんですか？」という梢の質問に、厨房にいた沙斗子がかすかに顔を赤らめる。

「そう。ドルチェはまだお客様に出せるレベルじゃないのだけど——今日は食べてもらえるかしら？」

「もちろん」

父と姉妹は同時に深くうなずいた。


コース料理を誰よりも早く完食し、若葉は丸く膨らんだお腹をさする。

「全部おいしかった」

カウンターに座っていた理太郎が、律儀に何十回目かの「ありがとう」を返した。厨房から出てきた沙斗子が、理太郎の肩に腕を回して笑う。

「理太郎にもたくさん手伝ってもらったの。若葉ちゃんのために、この子、すごくがんばってくれた。おいしくて何よりよ」

理太郎は「余計なこと言わないで」と嫌な顔をしたが、すぐ笑顔に戻り、三雲家のテーブルを指さして、幹彦に尋ねた。

「俺もそこに座っていいですか？」

「もちろん、もちろん。あ、小橋さんもどうぞ。休んでください」

「ありがとうございます」

沙斗子はめいめいに飲み物のリクエストを尋ね、それらを理太郎と用意してから席についた。理太郎は姿勢を正して、若葉の目を見つめる。

「若葉、頼む。明日から学校に来てくれよ」

コーヒーをのんでいた幹彦の喉が、ごくりと鳴った。あっさり核心に触れた理太郎の言葉に、若葉以上に緊張しているのがわかる。おかげで、若葉は落ち着いて理太郎の顔を見返せた。真向かいに座った理太郎もいたって自然体のまま、視線を逸らさず話をつづける。

「俺は若葉と遊んだり勝負したりするの、すごく楽しい。若葉がいないと、つまらない。またいっしょに遊びたい。隠れ家は作れなくなったけど、若葉となら他にもたくさんおもしろいことができると思うから」

「二人で遊んでいたら、またいろんな人にからかわれるよ。嫌なことを言われる」

若葉の弱々しい言葉に、理太郎は顔をしかめた。

「男子と女子がどうこうってやつ？　あんなの気にしなきゃ――」

「気にするよ。だってわたし達、どんどん大きくなる。どんどん男子と女子に――男性と女性になっちゃうんだよ。男女がどうこうって目で見られることが、もっと増える。そんなの、わたし、耐えられない」

若葉は声を振り絞り、無意識に下腹部に手を置いた。引き返せない分かれ道がもう始まってしまったんだと悲しくなる。若葉は顔を上げて、斜め向かいに座る幹彦と、椅子を持ってきて誕生日席のポジションに座っている沙斗子を見比べた。

「お父さん、理太郎のお母さんと結婚してよ」

「若葉、何言ってんの？」

梢が眼鏡のレンズの奥で目を三角にしたが、若葉は無視する。ついさっき、他愛ない会話をする幹彦と沙斗子を見たときに、若葉の胸の奥に灯った光は希望だった。

「そしたら、理太郎と兄妹《きょうだい》になれる。兄妹ならいつもいっしょにいても、おかしくない」

しんと静まりかえったテーブルで、沙斗子が口をひらく。

「私と若葉ちゃんのパパは、今の若葉ちゃんと理太郎みたいな関係なんだよ」

「大事な仲良し――ってことですか？」

「そう。この町で子どもを育てている仲間。大事な仲良し。なのに、たまたま私達が男と女だからって、周りにそういう目で見られたらどんな気持ちになるか――若葉ちゃんが一番わかるんじゃない？」

「――ごめんなさい」

若葉は深々と頭を下げた。そのまま顔を上げられず、お腹に鈍い痛みが走る。これは生理痛とは違う。自分の迂闊《うかつ》さや身勝手さに体が悲鳴をあげたのだと、若葉はわかっていた。

「若葉、よかったな」

理太郎の声が降ってくる。その言葉の意味を探して、若葉が顔を上げると、理太郎は小鼻を膨らませて得意げに笑っていた。

「男と女は大人になっても大事な仲良しでいられるぞ。沙斗子と若葉パパが証人だよ」

いたって自然にそう言い切ってくれる理太郎が、若葉には光って見えた。

幹彦が「じゃ、ここらで一枚記念に」とポラロイドカメラを取りだす。

「何の記念？」

梢の問いかけに、幹彦は首をひねりしばらく考えたあと、あっけらかんと言った。

「三雲家と小橋家の〝仲良し記念日〟ってことで」

構図を決めあぐねて、カメラを構えたままフロアをうろつく幹彦を待ちながら、若葉は理太郎にこっそりにらめっこ勝負を持ちかける。

「わたしが負けたら、明日から学校に行くよ」

理太郎は目を輝かせて勝負を受け、寄り目になって思いきり頬を膨らませた。エサをためこんだシマリスにしか見えないその顔に、若葉はあっけなく吹き出す。

「やった。俺の勝ち」

理太郎の嬉しそうな声に若葉はうなずき、理太郎にならら負けてもいいやと思っていた。

梢　17歳

若葉　15歳

第三章　夏休みの迷子たち

梢は、白い壁に囲まれた真四角の小さな部屋にいた。天井に埋め込まれたエアコンからブゥンとかすかな音が聞こえてくる。

「――珍しくない？」

エアコンの設定温度が気になっていた梢は、「はい？」とあわてて顔をあげた。目の前に座った男性が軽くため息をつき、梢の履歴書に書かれた高校名を読み上げる。

「この高校の生徒で、夏休みにアルバイトする子は珍しいんじゃない？」

「そうかもしれません」

「夏休みは体育祭準備があるし、休み明けに前期の期末試験もやってくるし」

「はあ」とうなずきかけ、梢は首をかしげる。

「ウチの高校のこと、よくご存知ですね」

「え？　ああ。俺も通ってたから。十五年も前だけど」

梢は息を詰めて男性を見つめる。少し馬と似ている長い顔、薄い唇、眠そうな目、お世辞にも愛想がいいとは言えない、変化の乏しい表情。ワイシャツの上からつけた黒いエプロンには、全国でチェーン展開している中古本販売店のロゴがプリントされていた。

エプロンの胸についた名札で、梢の視線が留まる。森瀬《もりせ》桂《けい》――え、森瀬桂？　と梢はわかりやすく二度見して、眼鏡を押し上げた。見間違いではない。梢がずっと前から馴染《なじ》んできた名前が、そこに書かれている。

梢は椅子を倒す勢いで立ち上がり、森瀬に一歩近づいた。

「あのっ、もしかして、森瀬桂さんって、『瀬をはやみ』を書かれた森瀬先生ですか？」

真四角の小さな休憩所内は静まりかえり、ふたたびエアコンの音が聞こえる。

森瀬は梢の顔をじろりと見上げ、低い声でつぶやいた。

「だったら、何？」

「感激です」

梢は森瀬の腕を取り、無理やり握手した。口はずっと動きっぱなしだ。

「中学のときに『瀬をはやみ』をはじめて読んで、舞台が地元のせいか、今までにないくらいハマってしまって、暗記しちゃうくらい繰り返し読んで、主人公の波月《はづき》が通う高校のモデルが作者の母校だと知って、私も絶対その高校に行こうって——」

「何で？」

「憧れたからです、波月が送る青春たっぷりの高校生活に。そんな物語を書いた作者が、実際に青春時代を過ごした高校で、私も過ごしたいなって」

森瀬の表情は変わらない。梢が握りしめたままの右手に視線を落とし、「もういいかな」と聞く。梢があわてて離れると、森瀬は回転椅子にもたれ、顎《あご》を上げた。

「おつかれさま」

「えっ」

「面接は終わりです」

そう言われてもなお立ち尽くしている梢を見て、森瀬は長い顔を撫《な》でさする。

「何？　質問でもある？」

「あ、えっと——森瀬先生の新作は？」

「先生じゃないよ、俺。店長だ」

表情と同じくらい愛想のない言葉を吐くと、森瀬は立ち上がってドアをあけた。

「アルバイトについての質問が特にないなら、おつかれさま」

暗に退場を促《うなが》され、梢は未消化な気持ちを抱えたままドアに向かう。その背に、今度は森瀬の質問が投げられた。

「それであなたは、あの高校で物語みたいな青春を送れてんの？」

梢の足が止まる。振り返った梢が口をひらくより先に、森瀬は目を逸《そ》らして言った。

「じゃ、明日からよろしく。こまごまとした説明はバイトリーダーに頼んどくから、初日は勤務開始の三十分前に来てください」

＊

「え。三雲さん、バイトしてんの？」

クラスメイトが目を丸くした。梢は「夏休みだけね」とうなずき、ひとさし指を口元にあてる。三年生の先輩が振り付けを教えてくれている最中に、お喋《しゃべ》りはまずい。

梢のクラス——二年七組の教室は本日、学内行事の中でもっとも盛り上がる体育祭の名物〝仮装演技〟の練習場所になっていた。三学年の全生徒を縦割りにした大人数のチームで踊るこの仮装演技を楽しみに、毎年在校生の保護者だけでなく卒業生や近隣の住民に至るまで大勢の観客がやって来る。その期待に応《こた》えようと、生徒達の準備と練習にも力がこもった。夏休み中のこの日の練習も、有志参加とはいえ、結構な人数が揃《そろ》っていた。体育館やグラウンドは部活で使用されているため、ふだんは四十人ほどが勉強している教室に倍近くの数の生徒が集まり、そこここで踊ったり、隊形を作ったり、ステップを踏んだりしている。

クラスメイトは梢と振り付けを合わせながら、声をひそめてさらに話しかけてきた。

「バイトする余裕が、よくあるね。休み明けすぐ、前期期末テストだってのに」

「うーん、まあ、他の人が部活と予備校に費やしてる時間を使って、何とか」

そこへ別のクラスメイトがやって来る。体育祭準備や当日の運営のために、生徒達は全員何らかの係に属しているのだが、彼女はこの仮装演技を教えるための〝仮装パート〟と呼ばれる係だった。梢達が口しか動かしていないことを見咎《みとが》めたらしく、目の前に立ち、きりりと目尻《めじり》を上げて腕組みする。

「梢ちゃん、振り付け覚えた？」

この高校で梢を下の名前で呼ぶ唯一の人物である彼女は、八木《やぎ》亜麻音という。ペンギン保育園でクラスメイトだった少女だ。小学校も中学校も違ったので、梢は卒園以来ほとんど思い出すこともなかったが、高校の二年生に進級したら同じ教室で再会した。

「三雲さんって、ペンギン保育園にいた梢ちゃんだよね？」と彼女から話しかけられ、梢もすぐに思い出した。ただ、梢は「亜麻音ちゃん」とはもう呼ばない。呼べない。容姿端麗かつ文武両道な彼女は校内でも有名で、いつもクラスの中心になり、隅々《すみずみ》まで仕切って、行事を盛り上げていく。クラスの端っこでマイペースに過ごしたい梢にとって、遠い存在だった。正直に言うと、遠いだけでなく怖かった。だから亜麻音のペースに巻き込まれないよう「八木さん」呼びの適度な距離感を保ってやってきたつもりだ。

その亜麻音にすぐ目の前で仁王立ちされ、梢は縮み上がる。

「あ、えっと、振り付けは——一応」

「一応じゃダメだよ。仮装はこのフィナーレが肝《きも》なんだから。ボスの踊りを完コピしてくれなきゃ。今日中に仮合格がもらえなかったら、明日も来てもらうことになるよ」

「明日？」

「都合悪い？　部活と重なってる？　梢ちゃん、部活入ってたっけ？」

亜麻音は次々と言葉を放ちながら、梢を見上げてくる。梢のほうが身長は十センチ以上高いので、亜麻音本人にその気がなくても睨《にら》み上げる形となる。十年ぶりに再会した亜麻音の顔立ちは大人っぽくなり、幼い頃より華やかになっていたが、そのぶん吊り目の迫力は増し、歯に衣《きぬ》着せぬ強気な物言いもパワーアップしている気がした。

「三雲さん、この夏休みはバイト漬けなんだって」

お喋りしていたクラスメイトが、悪気なく口を挟んでくる。亜麻音は「バイトぉ？」と教室にいた全員がこちらを注目するほどの大きな声をあげ、ゆっくりまばたきした。

「梢ちゃん、お金が必要なの？」

そう聞かれてはじめて、梢はアルバイトをする動機の中に、まったくその発想がなかったことに気づく。とはいえ、小遣いが増えれば自分の本棚に置いておける本も増えるのだから、お金が欲しくないわけではない。梢が「そりゃまあ」と煮え切らない返事をすると、亜麻音はつづけて尋ねた。

「場所は鎌倉？　藤沢《ふじさわ》？　江の島？　どこで何のバイトをしてんの？」

「あ、えっと、藤沢駅北口の銀座通りにある――」

梢は仕方なく店名を口にして、明日は日中ずっとシフトを入れているので抜けられないのだと説明する。亜麻音は話を聞いている間ずっと腕組みしていたが、梢が口をとじると同時に腕組みをほどき、梢の肩を力強く叩《たた》いた。

「だったら梢ちゃん、余計にがんばらなきゃ。今日中に仮合格、絶対ねっ」

「――はい」

梢が悄然《しょうぜん》とうなずいたところで、教室を仕切っている三年生から声がかかった。

「亜麻音、一年生達の振り付けのチェックお願い」

「はあい！」

亜麻音は窓際に集まっている一年生達のほうへときびきび去っていく。残された梢はようやく息をついた。

水飲み場で手を洗い、伸びをする。ひらいた窓から、蝉《せみ》の声がざんざん降ってきた。校舎内のあちこちから賑《にぎ》やかな話し声や音楽が聞こえる。夏休みとは思えない喧噪《けんそう》だ。

梢はジャージのポケットから出したタオルで手を拭きながら、『瀬をはやみ』でもこんなシーンがあったなあと、ふと思い出した。

主人公の波月は亜麻音と同じ仮装パートに所属しており、高二の夏休みは体育祭準備に追われる。そしてなかなか理想通りに進まない準備に、心が折れかける。そのとき、波月もまた一人で水飲み場に足を向けるのだ。

夏休みの校舎に響いてくる蝉の声を、彼女を心配して駆けつけたクラスメイトの男子と二人で聞きながら、波月は思う。

——何十年も経《た》ってから、あなたの青春は？　って聞かれたときに蘇《よみがえ》る光景って、体育祭当日より、案外こういう下準備の日じゃないかな。

梢は何度も読み込み、暗記してしまった『瀬をはやみ』のセリフを小声でなぞりつつ、タオルをジャージのポケットにしまう。

——私の青春は何だろう？

体育祭準備がつまらないわけではない。でも、どこか波月や亜麻音のようには〝今〟に没入できていない自分を感じる。何十年か経ったあと、あなたの青春は？　と聞かれて思い出す光景がこの高校の中にあるとは、梢はどうしても考えられなかった。

こんなことは、わざわざ考えなくてもいいのかもしれないとも思う。けれど最近、梢は頬《ほお》を張るような質問を受けた。

——それであなたは、あの高校で物語みたいな青春を送れてんの？

アルバイトの面接で森瀬にされた質問だ。以来、梢は何かにつけて考えてしまう。そして考えれば考えるほど、想像していた青春からほど遠いところにいる自分を感じた。

——友達がいないせいかな。

梢は眼鏡《めがね》を押し上げ、二年七組の教室を振り返る。

みんなそれぞれ自立して、協力しあえるいいクラスだと思う。クラスメイトの顔と名前はもちろん覚えている。けれど、渾名《あだな》で呼び合うほど親密な相手はいない。梢には小説で出会う登場人物以上に、己《おのれ》の興味や好奇心を掻《か》き立ててくれる現実の存在がいなかった。

小学生のときも中学生のときも、そして高校生になった今も、梢は長い休み時間は図書室にいって本を読み、短い休み時間は机で本を読んでいる。放課後も家に帰って本を読むか、腰越《こしごえ》か鎌倉の図書館まで出掛けて本を借りるか、藤沢か鎌倉の本屋に行って本を買うか、いずれにしても、一人で物語の世界に入り込む時間が圧倒的に多いし、好きだった。

そんな自分を包み隠さず過ごしてきたが、学校でいじめられた記憶はない。ただ、特定の誰かと仲良くなった記憶もなかった。

「梢ちゃーん。振り付けのテスト、今から受けられる？」

教室から亜麻音が顔を覗《のぞ》かせて叫ぶ。その額に光っている汗を見つけ、梢は『瀬をはやみ』の主人公波月は、亜麻音のようなタイプの女の子なんだろうと唐突に悟る。高校生活を謳歌《おうか》する波月に憧れ、何度も読み返し、友達になったつもりでいたが、現実に波月がいたら、自分からは一番遠い相手かもしれない。

亜麻音に向かって「受けるー」と大声で答えてから、梢は唇を噛《か》みしめ教室に向かった。

＊

店内の清掃を終えてタイムカードを切った梢は、ほっと息をつく。朝から学校へ行き、仮装演技の振り付けを頭に叩き込み、どうにか仮合格をもらって夕方からアルバイト、という長い一日がようやく終わった。

雑談しながらエプロンを外しているバイト仲間と、机に向かって何か集計している森瀬に「おつかれさまでした。お先に失礼します」と声をかけて、梢はリュックを背負う。

店を出て藤沢駅に向かって歩きだすとすぐ、シャーッと車輪の回る音が近づいてきた。振り向いた梢の前で、自転車にまたがった男子大学生がブレーキをかける。バイトリーダーの木崎莞《きざきかん》だった。仕事を覚える以前に〝働く〟ということがわからず右往左往しがちな梢の面倒もよく見てくれている。

木崎はやわらかそうな髪をなびかせ、「よっ」と手をあげた。

「三雲ちゃん、女子高生の一人歩きは危ないよー。店出るときは、声かけてよ。駅まで送ってくから」

「でも木崎さん、自転車だし。帰る方向、違いますよね」

「駅までくらい、自転車押してくよ」

「それは悪いです」

「別にいいって。帰るとき、話し相手のいたほうが楽しいじゃーん」

居酒屋の前で騒いでいる大学生そのままのノリを見せるバイトリーダーに、「相手によります」とも言えず、梢は黙って眼鏡を押し上げた。

——ウチが扱うのは本だけど、要は接客業だと考えてよ。お客さんは待たせず、とにかく笑顔と挨拶《あいさつ》、ねっ。

そう教えてくれただけあって、木崎はどんなに店が忙しいときもおおむね笑顔で愛想がいい。人一倍働き者で、レジも買取の値付けも品出しもてきぱきこなす。惜しむらくは——と梢は新人の自分を棚に上げて思う——言動が軽々しい。容姿が甘く派手なこともあって、本より繁華街のネオンが似合いそうな人に見えてしまう。梢の中では尊敬より警戒心が先に立っていた。

梢の沈黙を了解の印と受け取ったのか、木崎は自転車を押して、さっさと梢の隣につく。話題を探さねばと力む梢の気持ちをほぐすように、のんびり尋ねてきた。

「バイト、ちょっとは慣れた？」

「はい、ちょっとは。でも、まだはじめて一週間ですから、何が何やら——」

「ふーん。でも本に囲まれて、楽しいでしょ？」

「あ、はい、まあ」

「でしょでしょ。三雲ちゃん、休憩時間もずっと本読んでるもんね。ぜったい読書好きな子だと思ったよー」

「はあ」と曖昧《あいまい》にうなずく梢の耳の近くまで、木崎は自転車のハンドルを摑《つか》んだまま顔を寄せた。

「ねねっ、ウチの店長が元小説家だって知ってた？　デビュー作が『瀬をはやみ』っていうんだけど」

「『瀬をはやみ』は知ってます。大好きで、何度も読み返してます」

梢は早口で答え、「元小説家ってどういうことですか？」と聞き返した。

木崎は前髪を整えながら軽く言う。

「だって店長、小説は『瀬をはやみ』の一作で懲《こ》りて、そのあとはもう書いてないって」

「そう言ったんですか？　店長自身が？」

語尾を奪い取るように質問する梢の勢いに押され、木崎はややのけぞった。

「う、うん。たしかに言ってたよ。俺も『瀬をはやみ』のファンだったから、けっこうショックでさあ」

今すぐ店に引き返し、森瀬に「どうして書かないんですか」と聞いてみたい気持ちをおさえ、梢は木崎を見上げる。

「木崎さんも『瀬をはやみ』を読んだんですか?」

梢の質問に、木崎は空気が抜けたように笑った。

「読んだよ。読まずにファンにはならないでしょ。本とか読まなさそうって、よく言われるけど、俺けっこう読書家よ。『瀬をはやみ』は、主人公の女の子に惚《ほ》れたねえ」

「波月ちゃん!」

「そう。ひたむきで素直で人の気持ちがわかって、賢い波月ちゃん。理想だったわー」

中学と高校では、二次元、三次元合わせても波月以上の理想の女の子と出会えなかったと、木崎は聞く人によっては気味悪がられそうなことを堂々と言ってのけた。

「大学では出会えたんですか?」

「いいや。ただ、波月の親を見つけた。地元の古本屋で、店長をしてたよ」

どうやら木崎も、森瀬と面接した際、梢と同じ興奮に包まれたらしい。

「俺、面接の場を借りてお願いしちゃった。『瀬をはやみ』のアフターストーリーが読みたいって。大人になった波月に会いたいって。そしたら店長が――」

――小説は『瀬をはやみ』一作で懲りて、そのあとはもう書いてない。

木崎はさっきと同じ森瀬の言葉を繰り返した。

「それは――がっかりですね」

梢が実感のこもった相槌《あいづち》を打つと、木崎はあっけらかんと首を振る。

「たしかに残念だったけど、まあ、そもそも図々《ずうずう》しいお願いなわけだし、俺ちょうどその頃芝居もはじめて――」

耳慣れない単語が突然飛び込み、梢はとっさに眼鏡を押し上げた。

「ちょっと待ってください。芝居って、木崎さんが演劇をやってるってことですか？」

「うん。鎌倉市民劇団〈まど〉の劇団員だよ。俺、大学で地域の活性化について勉強してて、その実習の一環として、市民劇団のワークショップの手伝いをしたんだ。そしたら思いのほか芝居そのものにハマっちゃってさ、そのまま参加させてもらってんの」

梢は「へえ」と感嘆に近い声をあげる。木崎が大学で真面目《まじめ》に授業を受けている姿も、熱意をもって実習に取り組む姿も、正直全然思い描けないし、舞台の上で演技している姿など冗談としか思えない。けれど、と梢は隣の木崎を見つめた。横顔の鼻から顎にかけてのラインがきれいに整っている。そんな見目《みめ》のよさすら胡散臭《うさんくさ》く感じていたさっきまでが嘘《うそ》のように、梢は木崎に対する好奇心がむくむく湧《わ》いてくるのを感じた。

「でね、その市民劇団の中にいたのよ」

「どなたが？」

「『瀬をはやみ』主人公、波月のモデルが」

梢は息をのむ。それは、木崎の期待通りの反応だったらしい。「俺もそれに気づいたときは、呼吸を忘れるほど驚いたよ」と嬉《うれ》しそうに言われた。

「波月って、モデルがいたんですか？」

「うん。〈まど〉を主宰してる萩原美砂緒《はぎわらみさお》さんって女性なんだけど、外見や性格ひっくるめた全体の雰囲気が波月と似てるなあって、波月が大人になったらこんな女性になるんだろうなあって、俺ははじめて会ったときから感じてたわけ」

要するに、木崎は劇団で波月のような理想の女性を見つけて憧れていたのだろう。ひょっとするとその女性がいたから劇団に入ったのかもしれない、と梢は考えながらうなずく。

「それで、何かの拍子に俺が美砂緒さんに『瀬をはやみ』の話をしたら、私の高校の同級生が書いた小説なんだよって。聞いたら、二年、三年と森瀬桂のクラスメイトだったたって言うんだよ。どう？　これはもう間違いないっしょ」

「美砂緒さん本人はどう言ってるんです？」

「いや。彼女から聞いたのは、森瀬桂とクラスメイトだったたってことだけ」

「店長には聞きました？」

「聞けないよぉ。あの人、恥ずかしいのか何なのか、『瀬をはやみ』の話をすると不機嫌になるんだもん。でも、刊行当時のインタビューで、森瀬桂自身が〝波月は高校時代のクラスメイトがモデルだ〟って語ってた。ウチの店のバックヤードにあった古い文芸誌に記事が載ってたからね。これは、間違いない」

いつのまにか藤沢駅に着いていた。コンコースにのぼる階段の前で、木崎は自転車を止め、声をひそめる。

「実は店長も美砂緒さんに惚れてたんじゃないかなって、俺は予想してんだよね」

店長もという言い方で、木崎は自分が美砂緒に惚れていると白状したも同然だったが、梢はあえて無視して「それはまたどうして？」と話の先を促した。

「だって、よほど見つめてなきゃ、波月をあんなにいきいきと魅力的には描けないよ」

「たしかに」と梢はうなずく。

梢の顔を覗き込み、木崎は歯磨き粉のＣＭに出られそうな白い歯を見せて笑う。

「どう？　三雲ちゃんも美砂緒さんに興味出てきた？」

「興味って──失礼かと。でも、『瀬をはやみ』ファンとしては一度会ってみたいです」

待ってましたとばかりに、木崎はポケットから二枚のチケットを取りだした。

「じゃ、観《み》に来てよ。八月の終わりに、〈まど〉の夏公演があるから。前売り券一枚につき二千円のところ、今ならナント、木崎莞の善意によって二枚で二千円」

梢は眼鏡の縁《ふち》を持って、チケットに顔を近づける。

「──なるほど。ここに帰着するんですね」

「あ、違うよ。俺は別に、チケットセールス目的で出鱈目《でたらめ》を話したわけじゃ──」

あたふたする木崎に向かって微笑《ほほえ》み、梢は即答した。

「行きます。チケットください」

「え、買ってくれんの？　マジで？」

「はい。これも何かの縁かなあって」

「うんうん。良縁だよ、きっと。ありがとう、三雲ちゃん。じゃ、前売り券二枚で二千円ね。善意の一枚は、誰かを誘う口実にでも使って。せっかく十七歳の夏休みなんだし」

相変わらず軽い木崎の言葉に、梢は苦笑いで「考えときます」と答えておいた。

＊

八月も半ばとなった土曜日、梢は仮装演技の隊形練習に駆り出された。夏休みも終わりが見えてきて、各チームとも集団の演技を合わせる仕上げにかかっている。大人数が踊るためには、広いスペースが必要だ。広場、プール横、昇降口、と練習場所を求めて一日中校内を転々とし、凶暴な日差しにさらされながら何度も隊形を作り、仮装パートからの叱《しっ》咤《た》激励を浴び、日焼けして熱を持った肌と体の芯《しん》まで痺《しび》れる疲れをおみやげにもらって、帰ってきた。

泥のように眠り、朝寝坊した翌日曜日の朝、パジャマのまま起きてきた梢の顔を見て、妹の若葉がポニーテールを揺らして笑う。

「おはよう、お姉ちゃん。たった一日で夏休みの小学生みたいな黒さになったね」

「何で小学生？　どうせならサーファーみたいな黒さって言ってよ」

焼けた肌が痛いのか筋肉痛なのかわからない、体中の不快感に顔をしかめつつ、梢は鼻を動かした。

「チーズのいいにおいがする」

香りにつられて梢が食卓につくと、入れ替わるように幹彦が腰を上げた。これから出勤らしい。

「おはよう。今日の朝食は、若葉が作ってくれたぞ。うまいぞう」

幹彦は梢の生活リズムの乱れについては一切触れず、『オブ・ラ・ディ、オブ・ラ・ダ』を口笛で吹きながら、空になった皿をシンクにさげにいく。その足で玄関に向かう父に、姉妹は「いってらっしゃい」と声を揃えた。

若葉が軽やかな足音をさせて、自分と梢の分の皿をトレイにのせて持ってくる。

「うわ。朝からチーズリゾット？」

「えへへ。沙斗子さんの料理教室で習ったやつ。バレー部引退して暇だし、作ってみた」

岩永からピエトラ・ルナーレの厨房《ちゆうぼう》を全面的に任されたばかりの沙斗子が、近所の人向けに自分の料理のお披露目《ひろめ》も兼ねたイタリア家庭料理の教室を始めたらしい。生徒数の増加を願う母のために、理太郎は塾の友達やバドミントン部の仲間に声をかけてまわった。仲良しで食いしん坊の若葉は、いの一番に「おいしいものが食べられるよ」と誘われたという。

「暇って――若葉、中三だよ。受験生の夏休みは天王山《てんのうざん》でしょうが」

部活のない夏休みを毎日、海だプールだ祭りだ花火だ料理教室だと遊び呆《ほう》けている妹に、梢はここぞとばかりに注意した。本人は近所の塾の授業や自習室で「ちゃんと勉強してる」と言い張っているが、小学校からの友達が一堂に集《つど》っている場所で、お喋りもせず勉強に集中できているとは、梢には到底信じられない。

「受験勉強の息抜きをする時間があったっていいじゃん」

若葉がたれ目をみひらき、口を尖《とが》らせる。これ以上何か言えば、喧嘩《けんか》になるだろう。梢はそう判断して、小言や嫌みをぐっとこらえる。鍋に残っていたリゾットを小皿によそって、リビングのチェストまで運んだ。小さな骨壺《こつつぼ》とおりんと一輪挿《ざ》しが並んだ木の飾り台に、小皿をのせる。

シンプルを極めた仏壇は、三人掛けのソファや深緑のシェードをかぶった電球と同じくらい風景の一部と化しているせいか、母の千咲《ちえみ》へのお供えを若葉は忘れがちだ。瞼《まぶた》にすら残っていない母親の存在が、妹の中で年々薄まっていくのは仕方ないと梢は思っている。若葉より二年多く千咲とふれあえた梢だって、正直、似たようなものだ。

梢は幼い頃に母恋しさが募《つの》るとよく、母の顔や性格や声の高さを想像した。どういうときに笑い、どういうときに怒り、どういうときに悲しんだのか、想像が微に入り細をうがってくると、本当の母が完全に見えなくなった。

——だからこそ、せめて習慣に。

そう思って、梢は今日もお供えを置き、おりんを鳴らし、手を合わせる。その早すぎた死の悲しみはもう癒《い》えた。今となっては十年以上も前に世界から消えてしまっている千咲に、わざわざ話したいことなど見当たらない。ただ今日みたいに妹への心配や不満を持て余したときはつい考えてしまう。お母さんが生きていたら、何て言ってくれたかなあ、と。

リゾットは上手に作られていて、一口食べたら、すぐにまたもう一口が欲しくなる味だった。梢は夢中になって皿を空にする。

「食の細いお姉ちゃんが一気に完食だなんて、よっぽどおいしく作れたんだな」

若葉は満足そうに笑った。

朝ごはんを作ってもらったので、梢が食器洗いに名乗りをあげる。姉妹が小学生の頃は、当番表を幹彦が作成し、三人で家事をまわしていた。今も当番表は一応存在するが、姉妹が中学にあがった頃から、やれる人がやれることをする方式となり、あってないようなものと成り果てている。誰からも不平が出てこないのは、三人の中で家事能力が一番高い若葉が、気安く引き受けてくれているおかげだ。梢は感謝すると同時に、姉として少々肩身が狭くもあった。

梢が汚れた皿を一気に洗い上げていると、洗顔を終えた若葉が横に立つ。

「お姉ちゃんは、お祭り行くの？」

そう聞かれて、梢は今夜、七里ヶ浜の自治会が主催する夏祭りがあることを思い出した。

「あー、行けないや。昼から閉店までバイト入ってる」

「本当? じゃあさ、わたし、お姉ちゃんの浴衣《ゆかた》着ていってもいい?」

愛嬌《あいきょう》のあるたれ目を細くして、顔中で〝ラッキー〟と叫んでいる若葉に苦笑し、梢は「いいよ」とうなずく。

「やった! ありがとう。わたしの浴衣の柄、子どもっぽくなってきちゃってさあ」

姉妹の浴衣は何年か前、幹彦が頼んでベーカリー・ジェーンの梨果に見立ててもらった。たしか、若葉のは桔梗《ききょう》柄の黄色い浴衣だったはずだと、梢は思い出す。別に子どもっぽくはないし、梢の蜻蛉《とんぼ》柄の紺地の浴衣より華やかで、若葉の雰囲気に合っていると思う。ただ、梢は家族以外の誰かと夏祭りに行く機会がなく、自分の浴衣に一度も袖《そで》を通さず箪笥《たんす》で眠らせてきた。若葉に着てもらえるなら、あの浴衣も浮かばれるだろうと、貸すことにした。

「お祭りには、理太郎くんと行くの?」

「うん。あと、優亜と——」

若葉は指を折って、仲のいい友達の名前を次々と挙げていく。キッチンの窓から燦々《さんさん》と射し込んでくる夏の日差しに、若葉の体の線がワンピース越しに透けた。

姉の梢より早く小五で初潮を迎えた若葉は、中一の夏で身長の伸びが止まり、そのあとは体つきが着実に少女から女性へと変わりつつある。梢は自分の平らな胸に視線を落とし、ため息をついた。背ばかり伸びて一向に肉がつかない体型の悩みを口にすると、若葉から「贅沢《ぜいたく》な」と叱《しか》られるが、梢は本当に若葉がまぶしい。女性らしい体つきも、友達の名をすぐに挙げられるところも、羨《うらや》ましかった。

梢の了解を取り付け、若葉は「浴衣着てくる」と嬉々《きき》として二階へ上がってしまう。

一人になった梢は食器を洗い終えて、窓に目を向けた。レースのカーテン越しに、隣家の塀の上をぽてぽて歩いている白猫の姿が見える。垂れ下がって揺れるお腹《なか》の肉と、横から見てもまん丸の顔が特徴的だ。

「ジョン」

梢はその地域猫をずいぶん久しぶりに見た気がして、この夏休み、いかに忙しく過ごしていたか、あらためて思い知る。

梢の声が聞こえたのか、ジョンはぴたりと足を止め、空に向かって大口をあけてあくびした。太くて短いシッポがピンと張る。出会った頃すでに成猫だったジョンは、そろそろ老猫の域に入ってきているはずだが、梢の見るかぎり外見や動きに目立った変化はない。どれほど仲良くなった町の人に招かれても、家の中には絶対に入ってこない地域猫の矜持《きょうじ》も健在だ。気高きのんき者という言葉がぴったりな猫の姿に、梢はおおいに和《なご》んだ。

その日のアルバイトは、店内が週末らしい混み方をした。本を掘り出すのに夢中になっている客達の間を縫って歩きながら、梢は中古本の補充に、書棚の整理に、レジに、と森瀬から命じられる仕事を着実にこなしていく。

閉店一時間前、梢は森瀬から外出の同行を求められた。段ボール二箱分の本を持っていきたいところがあるという。いつもは木崎に頼んでいるらしいが、今日は彼が休みだった。

「七里ヶ浜方面なんだ。今日はそのまま上がっていいから、荷物持ち頼みます」

レンタカーだというミニバンに乗り込んだあと、森瀬はあらためて行き先が七里ヶ浜の奥地にある建物で、緩和ケアの専門施設〈ホスピス葉桜《はざくら》〉だと教えてくれた。

その場所では、〝日々の楽しみ〟が何より大事らしい。その楽しみを、本に求める患者やその家族も多いそうだ。森瀬は本社に掛け合い、何らかの事情で店頭に出せない本をちょくちょく持ち込んでいた。

「そもそもは十年以上前、『瀬をはやみ』の次作の取材で訪れた施設だったんだ」

「次作、ですか」

目を輝かせる梢をちらりと横目で見て、森瀬は鼻で笑う。

「ひと昔以上前の話だよ。院長にわざわざ話を聞かせてもらって、たしかに心は動いたのに結局、形にできなかった」

「まだ形になってないってだけの話ですよね。物語の芽は、きっと店長の中に今も――」

「ないない」と森瀬に笑い飛ばされ、梢は唇を一文字に結んだ。本人や周りがどれだけ「終了」を宣言したって、梢は諦めきれない。

森瀬はハンドルを切りながら、話を戻す。

「小説はさておき、施設には縁も恩も感じてるんでね。こういう形で少しは貢献できたらいいな、と」

梢は唇を結んだまま、フロントガラスに反射する外灯の光を眺めた。七里ヶ浜に長く住んでいながら、そのホスピスの存在も場所も知らなかった自分を恥じる。ロッジ風の建物が複数並ぶ敷地は雑木林でほとんど隠され、看板なども出していないというから、その場所を本気で必要とする人々以外気づきようがないのだろうが、不覚だったと感じてしまう。

慣れた手つきでハンドルを操り、迷いなく国道１３４号から細い脇道に入った森瀬だが、その坂道の上でオレンジ色の明かりが灯《とも》り、しめきった窓から太鼓の音が漏れ聞こえてくると、あわててブレーキを踏んだ。

「何だ?」と不審がる森瀬の長い横顔を眺め、梢は今朝の若葉とのやりとりを思い出す。

「そういえば、今日明日と地元の夏祭りなんです。この道の先、商店街に入るあたりは、夜十時過ぎまで通行止めだったような——」

「おいおい、店を出る前に教えてくれよ」

森瀬は眠そうな目で梢を見て、文句を言った。梢は肩をすぼめて謝るしかない。ネットと土地勘を頼って急いで調べたが、この坂道以外に車でホスピス葉桜に行き着ける道はないようだ。梢はひとまず自分の家のガレージに誘導することにした。

幹彦に電話をかけて事情を話し、家の車を最大限寄せておくよう頼む。幹彦は二つ返事で引き受けてくれたが、昔から何かというとすぐに出してくるポラロイドカメラを今夜も首からぶらさげ、駐車場の前で二人を待ち構えていた。運転席のドアがあくなり、身を乗り出してくる。

「いや、どうも、どうも。梢がアルバイトでお世話になってます。私、父の幹彦です。漢字で書くと、木の〝幹〟に彦根《ひこね》城の〝彦〟」

サイドブレーキに手を置いたまま固まっている森瀬に、梢は頭を下げた。

「すみません。父のことは気にしないでください」

「いや、気になるだろ」と小声でささやき、森瀬はぎこちなく会釈《えしやく》を返す。

「店長の森瀬です。三雲さんにはずいぶん助けてもらってます」

その言葉を聞いて、幹彦は嬉しそうに口髭《くちひげ》をいじり、大きくうなずいた。そして何か言いたげな顔をして、梢と森瀬を何度も見比べる。

「お父さん、何？」

「ん、えっと、あの、二人は、その――」

幹彦は言葉を詰まらせ、あわててポラロイドカメラを構えた。

「いや、何でもない。記念に一枚」

言うなりカメラのシャッターを切る。梢も森瀬も心の準備が間に合わず、ぽかんとまぬけ面を晒《さら》すことになった。

梢に怒られた幹彦がすごすご家に戻ったあと、森瀬はホスピス葉桜の担当者に電話をかけて事情を話し、到着が遅れることを伝える。

「さて、と。暇をどこで潰《つぶ》すかな。エンジン切った車の中は暑いしなあ」

梢は森瀬の長い顔を見上げた。

「父のいる私ん家《ち》か、夏祭りか、どっちがいいですか？」

「――その二択か？」

「残念ながら」

「じゃあ、後者で」

小声になった森瀬に、梢は「賢明な判断です」とうなずいた。

＊

太鼓の音が蒸し暑い空気を揺らす中、並木道いっぱいに出店が並んでいた。春は桜の花でピンク色に染まる道が、今は提灯《ちょうちん》の明かりでオレンジ色に輝き、輪郭を太くしている。

梢は夏の生命力を感じた。やきとり、わたがし、チョコバナナ、一口からあげ、金魚すくい、ヨーヨー釣り——色とにおいに溢《あふ》れた眺めにも圧倒される。色といえば、暑さに負けず色とりどりの浴衣を着た少女達もまぶしい。

そんな少女達の中に浴衣姿の若葉を見つけ、梢はとっさに森瀬の背中に隠れた。若葉は自分の手にしたヨーヨーを理太郎に見せ、何やら楽しそうに喋っている。おおかた、釣ったヨーヨーの数か柄で競っているのだろう。あの二人はいまだそういう幼い側面があり、中三になっても小学生の頃と変わらず〝仲良し〟のままだ。

梢は顔を半分だけ覗かせて、若葉を見つめた。頭上でおだんごにした髪にかんざしを挿し、紺地の浴衣姿の若葉は、大人に移り変わる直前の少女のまばゆさに満ちている。

梢はこの夏に伸びた身長分また少し裾《すそ》の短くなったブラックスキニーと、幹彦からもらったメンズサイズのロックTシャツをまとっただけの自分の恰好《かっこう》を見下ろす。黒一色。闇に溶けてしまいそうだ。

うなだれた梢のうなじに、森瀬の声がかかる。顔を上げると、森瀬は屋台を指さした。

「かき氷でも食うか」

「あ、はい！」

あわててポケットから財布を取りだす梢を、森瀬は笑って制する。

「俺が奢《おご》るよ」

「悪いです」

「夏休みを潰してバイトに励む勤労高校生から金を取るほど、ひどい大人じゃありません」

それじゃ、と梢がブルーハワイ味を選ぶと、森瀬は追加でミルクを頼んでくれた。

「ありがとうございます」

「俺だけミルクを足すっていうのもね」

そう言うと、森瀬はミルクのかかったイチゴ味の粗《あら》い氷粒をスプーン型ストローで掬《すく》い、じゃくじゃくと嚙む。梢も倣《なら》った。氷のきんとした冷たさが歯と舌を突き刺し、喉《のど》を滑り落ちるたび、体の内側から涼しくなってくる。

「店長の好物だったんですね」

ん、と首をかしげる森瀬のかき氷をさして、梢はつづけた。

「『瀬をはやみ』では江の島の納涼花火大会の屋台ですけど、波月が頼むんです、イチゴミルクのかき氷」

「そうだっけ？　忘れたな」

森瀬は露骨に顔をしかめたが、梢は気にしない。「私は覚えてます」と胸を張った。

梢が容器を傾けて、味付きの水になったかき氷をのんでいると、聞き慣れた声がする。

「え、嘘。三雲ちゃん？　店長も？」

梢はあわてて容器をおろして目をこらした。提灯の明かりの下、こちらに近づいてくる二つの人影がある。彼らもまた梢や森瀬と同じように、色とりどりの祭りの宵《よい》からこぼれ落ちたようなくすんだ色合いをまとっていた。

「木崎君か」

森瀬が梢より早く、声をかけてきた人物を特定する。黒いポロシャツにチノ素材のハーフパンツを合わせた木崎は、「うぉえーい」と奇声を発しながら森瀬に駆け寄り、無理やりハイタッチした。店で働いているときより、大学生っぽさと軽薄さが増している。梢がとっさに腕を後ろで組んでハイタッチの流れを切ると、木崎は悲しそうな顔をした。

「三雲ちゃーん、そんな露骨に軽蔑《けいべつ》しなくても」

「軽蔑はしてません」

「木崎さん、梢ちゃんと知り合いなんですか？」

木崎の横に立つ女性が、二人の会話に割って入ってきた。木崎は「バイト仲間なんだ」と目をしばたたき、梢と彼女を見比べる。

「八木ちゃんと三雲ちゃんは――あ、同じ高校だっけ。友達か」

「クラスメイトです」

とっさに声が揃ってしまう。梢は気まずさでうつむきたくなる気持ちを懸命におさえ、目の前に立つ亜麻音を見た。夜空の色と同じネイビーのワンピースを着た亜麻音も、こちらを見ている。

「梢ちゃん、夏祭りデート？」

亜麻音の思いがけない言葉がみぞおちに入り、梢はむせた。木崎が目を丸くする。

「え、二人ってそういう関係だったの？　いつから？」

「違う。ホスピス葉桜に本を届ける途中だ。ほら、いつもは木崎君に同行を頼んでる用事。祭りで通行止めになってるから、時間を潰してた」

森瀬が嘆息する。その横で、梢が亜麻音に聞き返した。

「八木さんはどうして木崎さんと？」

「〈まど〉のスタジオで、演劇のワークショップがあったの。その帰り。木崎さんがどうしてもお祭りに寄っていきたいっていうから、付き合っただけ」

「八木ちゃんは、高校の有志劇団〈改札口〉のメンバーなんだ。それで夏合宿的に、〈まど〉と合同ワークショップを開催してたってわけ」

亜麻音の説明を無理やり引き取った木崎が、さかんに目配せしてくる。梢は意味がわからず、ふたたび亜麻音のほうを向いて尋ねた。

「有志劇団？　ウチの学校にそんなのあったっけ？」

「梢ちゃん、〈改札口〉知らないの？　やだ、本当にウチの学校の生徒？　文化祭での発表を目標に、有志達によって毎年結成される劇団だよ。私みたいに運動部だけど文化祭にかかわりたい子や演劇に興味のある子が参加してる。もうかれこれ三十年以上はつづいてる、由緒ある有志劇団なんだから」

「——八木さんは本当に積極的だね」

「当たり前でしょ。高校生にしかできないことは、高校生のうちにやっておかなくちゃ」

亜麻音はきっぱり言い切った。提灯の明かりが頬に当たって、てらてら輝いている。

「〈まど〉の主宰である美砂緒さんも、昔、〈改札口〉にいた先輩だよ。つまり、ウチらの学校のOGね。その縁で、〈改札口〉はちょくちょく〈まど〉のワークショップに参加させてもらってるんだ」

梢は主宰の名前に聞き覚えがあった。

「主宰の美砂緒さん——?」と問い返し、木崎のさかんな目配せの意味にようやく気づく。隣に立つ森瀬を見上げ、あわてて口をとじた。しかし、亜麻音が一足先に応じてしまう。

「脚本と演出を手掛ける主宰の萩原美砂緒さん。お祭りにも三人で寄ったの。焼きもろこしを買いにいっちゃってるけど、もうすぐ戻ってくると思う」

すると森瀬は、梢とのデート疑惑を否定したときの落ち着きはどこへやら、「あ、俺、ちょっと、うん」と意味をなさない言葉をつぶやき、あたふた身を翻《ひるがえ》す。梢と木崎が目線を交わし、亜麻音が気味悪そうに眉《まゆ》をひそめたそのとき、森瀬の目の前に白いかたまりが飛び出してきた。

「あぶない」

梢の鋭い声に、森瀬がたたらを踏む。白いかたまりは猫で、自分の目の前で起こっている騒ぎに無頓着《むとんちゃく》なまま、大あくびをした。その態度と黄色と水色のオッドアイを見て、梢はジョンだと気づく。

「おーい。シロ、白猫、待ってー」

のんびりした声が聞こえて、人混みの奥から一人の女性が現れた。体勢を崩したままの森瀬が息をのむのと、亜麻音が「あ、戻ってきた」と歓声をあげるのは同時だった。

梢はずれた眼鏡を直して、目の前にやって来た女性を見上げる。百六十七センチある梢より、さらに背が高かった。ノースリーブからのびた腕も、ホワイトデニムに包まれた足も、感心するほど長い。

梢だけでなく、その場にいる全員が彼女に注目しても、女性は特に動じず、焼きもろこし片手にみんなの顔を悠然と見返した。森瀬と梢には、軽く頭を下げる。

「どうも。萩原美砂緒です。莞ちゃんと同じ鎌倉市民劇団〈まど〉の主宰やってます」

「莞ちゃん」と呼ばれた木崎が、自分と梢はバイト仲間、森瀬がその店長、梢と亜麻音は同じ高校のクラスメイトだと、手際よく紹介した。

美砂緒の視線は梢を飛び越し、森瀬に注がれる。握手を求めて、長い腕がのびた。

「店長さんでしたか。はじめまして。いつも莞ちゃんがお世話になっています。シフトも融通してもらってるみたいで――」

にっこり笑う美砂緒とは対照的に、森瀬の顔がみるみる強《こわ》ばっていく。梢の視線を受けて、木崎が口を挟んだ。

「美砂緒さん。こちら、店長の森瀬桂さんです」

「もりせ、けい？」

何度か口の中で名前を転がし、美砂緒の笑顔が崩れる。戸惑いを隠さず、ばつが悪そうな顔になった。何て正直な人だろうと、梢はおかしいような悲しいような腹立たしいような複雑な心境で見守る。

「もしかして、森瀬くん？　高校で同じクラスだった？　ごめん。学生時代とだいぶ雰囲気が変わったから」

「老けたんだ」

森瀬がぼそりと言う。冗談なのか不機嫌になったのかわからず、一同は固まった。美砂緒だけが「あっは」と笑いかけ、すぐ咳払《せきばら》いに変える。

「小説家さん、になったんだよね」

「小説はもうずっと書いてない。今の仕事は、中古本販売。そっちは？」

「私？　大学で助教やってる」

「末は教授か。演劇で食ってるわけじゃないのか」

「ないない。こっちは趣味。というか、生きがい」

かつてクラスメイトだった二人の会話は、すぐに途切れた。そのくせ森瀬がまだ言葉を探して口ごもっているのを、梢は感じる。

しかし、森瀬がようやく口にした言葉は、場を去るための挨拶だった。

「それじゃ、用があるのでこの辺で」

「あ、うん。元気でね。またね」

美砂緒は手を振った。視線がそのまま落ちて、白猫に注がれる。梢はあわてて叫んだ。

「店長、私も行きます」

来るなとも来いとも言われなかったが、梢は木崎達に会釈すると、森瀬を追った。

梢の家に引き返しているあいだに、太鼓の音が途切れる。夜十時を過ぎ、祭りが終了したらしい。夜の湿った空気が濃くなるなか、森瀬が口をひらいた。

「選択をミスったな」

「え？」

「三雲さん家で、お父さんの話し相手になってたほうがよかった」

「——昔の友達と再会して、懐かしくなかったですか？」

梢の質問に、森瀬は立ち止まり、自分の手をつくづく眺める。

「向こうの反応を見たろ？　卒業して十年経ったら、顔も忘れてしまうくらいの薄いつながりだ。友達じゃない。ただ一定期間、同じ教室にいただけ」

梢の脳裏に亜麻音の顔が浮かぶ。たしかに、クラスメイトだからって〝友達〟だとは限らないと納得した。その上で問う。

「――萩原美砂緒さんは、『瀬をはやみ』の波月のモデルじゃないんですか？」

素直で、不器用なくらい正直で、芯から明るそうな美砂緒の雰囲気は波月そのものだと、梢はあの短い時間の中で十分感じていた。

森瀬はふたたび歩きだしながら、早口で答える。

「モデルだね」

「だったら」と言いつのる梢を、森瀬が声を張って制した。

「好奇心と向上心のかたまりで、学校の行事も勉強も部活も全部がんばる。全方位で輝いてみせる。萩原美砂緒みたいなタイプが、俺は苦手だった。だから、モデルにした」

思わず息を詰めた梢を振り返り、森瀬は顔を歪《ゆが》ませる。

「幻想を壊して悪いが、三雲さんが『瀬をはやみ』を読んで憧れた青春なんてものは、俺自身には何一つなかったよ。俺は萩原とは正反対の人間で、夢中になるものもがんばるものも友達も特に持たず、高校にはまったく馴染めないまま卒業したんだ」

森瀬は梢の家につづく坂道をのぼりながら、独り言のように話しつづけた。

「卒業して何年か経って、相変わらずやる気のない大学生活を送ってる最中に、ふと思いついた。想像だけで〝完璧な青春〟を作ってみたらおもしろいんじゃないかって。青春をこれでもかって満喫する主人公は当然、自分から一番遠いタイプ――つまり、俺が一番苦手とする人間がいい。で、真っ先に思い浮かんだのが、萩原美砂緒だった」

森瀬の言葉を借りれば「生まれてはじめて時間が経つのを忘れた」くらい夢中になって書き上げた小説『瀬をはやみ』は、有名文芸誌の新人賞に選ばれた。〝清廉な青春小説〟と評価され、書籍化され、広く世に出回った。実現こそしなかったものの映像化の話も出たし、文庫化もされた。そして、作品には熱心な読者がついた。物語の舞台や主人公の行動を現実でなぞろうとする、梢や木崎のような者達だ。

「気づいたら、作者の俺自身が小説みたいな青春を送ってきたと、周りが思い込んでた。出版社からは次作も同じ路線を求められたよ。けど俺には書きたい題材があったから、ホスピスを舞台に波月とは違うタイプの主人公を立ててたんだが、うまくいかなくて――」

森瀬は足を止めて振り返る。気づけば、三雲家の前まで来ていた。表札灯に照らされ、森瀬の長い顔はやけに白く見える。

「結局、モデルの力だったんだ。萩原美砂緒という個性が連れてきた物語を、俺はただ書き留めたにすぎない。小説家なんかじゃないんだよ、俺は」

梢は「でも」と口ごもるのが精一杯だった。その先の言葉が見つからない。森瀬は薄い肩をすくめ、梢にこのまま家に帰るよう言う。ホスピスに本を届けるのは、自分一人でやるから、と。梢は森瀬が一人になりたがっていることを察して、うなずいた。

ミニバンのエンジンをかけると、森瀬は「じゃ、おつかれさま」と手をあげかけ、その顔に苦笑を浮かべる。

「どうかしましたか?」

「手がべたべたなんだ。萩原と握手したときからずっと」

焼きもろこしをおいしそうに齧《かじ》っていた美砂緒を思い出し、梢はカバンの中にあった汗拭きシートを「手拭きにもなりますから」と森瀬に手渡した。

こんなことでしか、大好きな小説家の力になれない自分を情けなく思いながら。

＊

夏祭りからあっというまに一週間が経ち、夏休みも終盤を迎えた。体育祭準備は軒並み一段落ついて、学校で見かける生徒の数もめっきり減った。生徒達の大半は、夏休み明けの前期期末テストに向けて気持ちを切り替え、走りだしている。梢も一応テスト勉強ははじめていたが、夏休みの終わりまでアルバイトのシフトを詰め込んだため、効率のいい勉強方法や集中力を求め、苦労していた。

きっちり閉店時間までアルバイトに励んだあと、帰りの江ノ電で単語帳を繰っていたらいつのまにか眠っていたらしい。気づくと電車は七里ヶ浜駅に着いていた。あわてて飛び降り、改札を抜けたところで声がかかる。

「あれえ？　もしかして梢ちゃんじゃない？」

振り返った梢の前に、白猫を抱いた同い年くらいの少女が立っていた。まずは少女のおしゃれな学生服に奪われた梢の目が、次いで少女の腕の中の白猫に向く。あぐらを掻いた鼻に、小さな口。輪郭は下にいくほど膨れており、ふさふさの毛に埋もれた顎はおそらく二重だろう。シッポは太く短く、垂れていない。

「ジョン」と梢は見慣れた地域猫に声をかけ、白猫がナアッと返事をしたときにはもう、目の前の少女が誰だかわかっていた。

「マキちゃん、久しぶり。大きくなったね。髪も伸びた」

「何それ。梢ちゃん、親戚のおばさんみたい」

マキはそう言って吹き出す。梢もつられて笑い、本当に従姉妹《いとこ》のような気安さを覚えた。

「梢ちゃん、今帰り？　部活？　塾？　あ、予備校かな？」

「アルバイトだよ」

スキップしているように弾んだマキの問いかけにつられ、梢の口からするりと言葉が出ていく。藤沢にある店名も告げたが、マキは知らないようで、首を横に振った。

「アルバイト、楽しい？」

「うん。忙しいけど、居心地がよくて、楽しい。でも、夏休みの短期バイトだから、もうすぐ終わりなんだ」

マキは何気なく相槌を打ったのだろうが、梢ははっと顔を上げた。夢中でうなずく。

「そう。そうなの。寂しいんだ、私」

梢はマキに、あの夏祭りの夜以来すっかりよそよそしくなってしまった森瀬の話をした。アルバイト先の店長が、自分の大好きな青春小説を書いた作者だったこと。けれど彼自身に青春の思い出はなく、処女作以降の小説も完成させられず、あらゆる自信を失ってみえること。そして、そんな彼を励ます言葉を持たぬままアルバイトを辞めてしまうのが惜しくて、寂しいこと。マキはきれいな瞳で梢を見つめ、じっと話を聞いてくれる。そんなマキに対し、梢は絶対的な安心感を覚えた。偶然会って、短い時間をいっしょに過ごしているだけなのに、マキにならどんな話をしても絶対に口外されないし、どんな自分をさらけだしても見限られないだろうと強く信じられた。

「青春コンプレックスというか呪縛《じゅばく》みたいなものが解けたら、店長はもっと自由になれる気がしてて――でも、私にはその解き方がわからない。だって、私もまさに今、青春がなくて困ってる最中だから」

そう結んで梢の長い話が終わると、マキは長い睫毛《まつげ》に縁取られた目を伏せて考えていたが、やがてゆっくり顔をあげる。

「わたしは、青春のない人なんていないと思うよ」

「マキちゃんやマキちゃんの周りの人はそうだろうけど――」

口を尖らせて反論しかける梢を、マキは静かに制する。

「そして、完璧な青春を送る人もまたいないと思う。現実ではね」

マキのやわらかい声が、梢の心にすっと届いた。

「みんな、自分なりの青春の形があるんじゃないかなあ？」

「店長にも？」

「もちろん」

「――私にも？」

梢が声を震わせて尋ねると、マキは間髪《かんはつ》を容《い》れずにうなずき、ひときわ大きな声で「絶対にあるよ」と力強く請け合った。瞳がきらきら輝いている。

――あなたの青春は？

梢はふたたびその問いに向かい合わされた気がした。相変わらず蘇ってくる光景は何もない。こんな自分に青春は本当にあるんだろうかと、梢は怪しんだが、マキの言葉を信じたい気持ちが勝った。それに、今は自分のことより優先して考えたい人がいる。

「店長に〝自分にも青春があった〟って気づいてもらうには、どうすればいいんだろ？」

マキの返事より早く、その腕の中でジョンが小さく鳴いて身をよじった。マキは「苦しかった？　ごめん、ごめん」と謝りながら地面におろしてやる。そのまま梢を振り仰いだ。

「それはやっぱり、同じ時間を同じ空間で過ごした同級生の出番じゃないかな？」

「店長の、同級生？」

「うん。本人がわからないことを、案外周りのほうが気づいていたり知っていたりするからね」

森瀬の同級生を、梢は一人しか知らない。森瀬の青春コンプレックスの原因となった、萩原美砂緒だ。彼女とふたたび会って話をする、その経験が森瀬にとって吉と出るか凶と出るかわからないが、このままでいるよりマシだろうと、梢は判断した。

「でも、どうやって二人を会わせる？」

梢はひとりごち、地面に寝そべってマキに撫《な》でてもらっているジョンに視線を落とす。

「あっ」

梢の突然の大声に、マキが驚いて腰を上げる。するとマキのその急な動作にジョンが驚き、毛を逆立てて逃げだした。ジョンには悪いが、梢はかまわずマキの手を取る。

「来週、店長の同級生が主宰を務める市民劇団の公演があるんだ。私、ちょうどチケットを二枚持ってて――」

木崎がくれた〝善意の一枚〟を思い出し、梢はバイトリーダーに心から感謝した。

「いいね。森瀬店長を誘ってみなよ、梢ちゃん」

マキはそう言って、梢の手をぎゅっと握り返してくれる。やわらかい感触が、梢を励ます。この作戦で森瀬が少しでも元気になってくれたらいいなと、梢は願った。

＊

鎌倉市民劇団〈まど〉は、自前のスタジオを持っている。レンガ造りの古い雑居ビルを改築したそこは、舞台と観客席が設けられる一階のスペースの他に、二階にはラウンジ設備もあった。このスタジオのおかげで、芝居の稽古もワークショップも公演本番も最小限の予算でできるらしい。使わないときは、落語会、朗読会、音楽ライブ、マジックショーなどの会場として貸し出し、劇団の運営資金の足しにしている。

木崎から聞いた〈まど〉のあれこれを思い出しつつ、梢は長い坂をのぼりきった。レンガの壁の四角い建物を見つけて「やっと着いた」と大きく息をつき、空を見上げる。輪郭のぼやけた入道雲が一つだけ浮かんでいた。

――モノレールの西鎌倉駅から歩いて十五分、江ノ電の七里ヶ浜駅からだと歩いて二十分ちょいかな。若いんだし、坂に慣れてる地元っ子だし、そんくらい歩けるっしょ。

どこか幹彦に通じる気楽さを持つ木崎の言葉を信じて、七里ヶ浜の自宅から歩いてきたが、びっくりするほど遠かった。

「山一つ越えてきたって感じ。浴衣でハイキングさせないでほしいよ」

梢は汗のふきでた額や首筋にタオルをあて、ぼやく。

──〈まど〉を少しでもアピールするために、うちわを手作りしたんだ。三雲ちゃん、浴衣で来てくれないかなあ？　浴衣姿って目を引くでしょ。うちわを帯に挟んどけば、広告塔になってもらえるからさあ。

木崎のそんなリクエストに、梢は善意の一枚の御礼だと思って応じた。若葉に手伝ってもらい慣れない装いをしたせいで、歩き方がおかしくなり、足も腰も痛い。汗だっていつもより掻いた気がする。

梢は帯に挟んできたうちわを引き抜き、ばたばたとあおいだ。裏手にある小さな林の木立から、蟬の声が盛大に漏れてくる。約束の時間にはまだ十五分ほどあった。

〈まど〉の公演チケットは、梢の最後の出勤日となった一昨日、森瀬に渡してあった。正確に言うと、頑として受け取ろうとしない森瀬の手の中に、強引にねじ込んで帰ってきた。

──もし店長が現れなかったら、私、最悪の別れの挨拶をしたことになっちゃうな。

「来てたんだ？」

背中から声をかけられ、梢は勢いよく振り向く。しかし立っていたのは、ミニスカートから健康的な足を覗かせた亜麻音だった。あの夏祭り以来、仮装演技の練習で何度かいっしょになったが、二人で話すのははじめてだ。何を言われるんだろうと、梢は身構えた。

「浴衣、似合ってるね」

亜麻音からいきなり褒《ほ》められ、梢は面食らう。肩にこもっていた力が一気に抜け、もじもじと蜻蛉《とんぼ》柄の紺地の浴衣を見下ろした。家を出てくる際、若葉と幹彦にも同じ褒め言葉をもらったことを思い出す。加えて、幹彦は今から誰とどこに行くのか聞きたがった。森瀬が「来る」とも「来ない」とも断言できなかったので、梢が曖昧に濁《にご》すと、幹彦は余裕をなくした顔で「あんまり遅くなるなよ」と念を押した。

亜麻音は有志劇団〈改札口〉の仲間と観に来たのだと語り、スタジオを指さす。

「もう開場してるけど。入らないの？」

「――人を待ってるから」

「もしかして、あの元小説家の店長？」

亜麻音は尋ねてから、酸っぱいものでも食べたように口をすぼめた。梢は首を横に振る。

「元、じゃないよ」

「だって本人が、小説はもうずっと書いてないって――」

亜麻音は口を尖らせて反論しかけたが、腕時計に目を留め、肩をすくめた。

「まあ、いいわ。先に入ってるね」

亜麻音がさっさとスタジオに向かったあと、さらに十分待ち、開演時間三分前を切ったところで、少し離れた場所にタクシーが急停止した。ドアがひらき、いつも以上に乱れたクセ毛と長い顔が現れる。

「悪い。寝坊した」

「もう始まります。中へ」

梢と森瀬があわただしく席につくと同時に、開演ブザーが鳴った。

演目が終わり、カーテンコールになっても、美砂緒は舞台に姿を現さなかった。はじめて見る生の舞台に魂を奪われていた梢は、鳴り響く拍手でようやく我に返る。斜め前の席に亜麻音が座っていることに気づき、そっと肩を叩いた。

「萩原さんは？」

「〝私は裏方だから〟って、カーテンコールには出ないんだよ、いつも」

亜麻音は上半身を引いて梢と森瀬を見比べ、つづけた。

「美砂緒さんと喋りたいなら、二階のラウンジに行ってみたら？　一番目立たない端っこに立ってるはずだよ」

「端っこに？」

森瀬がほとんど口を動かさずに、亜麻音の言葉を繰り返すのを、梢は聞き逃さなかった。

終演となり観客達が席を立つと、森瀬が当たり前のように帰ろうとするので、梢は懸命に立ちふさがる。

「店長、ラウンジに行きましょう。萩原さんに挨拶していきましょう」

「俺はいいよ。行くなら、三雲さん一人でどうぞ」

梢の細い体は、出口に向かおうとする森瀬にたやすく押しのけられそうになったが、足裏に力をこめて踏ん張った。

「萩原さんはラウンジの〝一番目立たない端っこ〟にいるんですよ」

だから何？　という顔を露骨にした森瀬から目を離さず、梢はつづける。

「意外だな、って思ったんじゃないですか？　『瀬をはやみ』の波月は、知らず知らずのうちにいつも場の中心にいるタイプですもん」

「――実際そうだったからな」

「でも今の彼女は、劇団の裏方です。土台となって市民劇団を支えています」

森瀬は眠そうな目の奥にわずかな光を宿して、黙って見下ろしてくる。梢は身をすくめながら、それでも一歩もひかずに言った。

「店長、ラウンジに行きましょう」

森瀬は鼻から大きく息を吐くと、かすかにうなずいた。

美砂緒は本当にラウンジの薄暗い片隅にいた。出番を終えて着替えた演者が観客と語らうのを邪魔しないよう存在感を消して、ひっそり立っていた。

大学の友達なのかファンなのか、大勢の若い女性達に囲まれて身動きが取れずにいる木崎に、森瀬は軽く手をあげて挨拶してから、美砂緒のもとに向かう。

美砂緒は近づいてくる森瀬の顔を見つけても、特に驚いた様子を見せなかった。

「森瀬くんに観てもらえたなんて、嬉しいな」

「おもしろかったよ、本当に。遠い世界の話なのに、今ここで起こっている自分の話みたいだった」

「うん。それが狙い」

美砂緒は小鼻を膨《ふく》らませて勢いよくうなずくと、てらいのない笑顔になった。

「森瀬くんにちゃんと狙いが伝わって、よかった。公演成功だな」

「大げさな」

「大げさじゃないよ。尊敬する小説家に褒められて、嬉しくないわけないじゃん」

笑顔のまま告げられた美砂緒の言葉に、森瀬の背中が強ばる。

「俺、今の仕事は中古本販売だって言ったよな」

「仕事は何であれ、小説家は小説家だよ。演劇人が演劇人であるのといっしょ」

「は？　わけわからん」

梢ははらはらして、美砂緒を見つめる。美砂緒は笑顔を崩さない。

「森瀬くんが小説家だってこと、私は高校のときから知ってる」

「高校？　その頃は俺、小説なんて書いてない。書こうとも書けるとも思ってなかった」

森瀬の眠そうな目がいっそう細くなり、美砂緒を突き刺すように見た。

「だいたい、萩原さんと俺はクラスが同じってだけで、友達でも何でもなかったよな？」

梢にはその言葉がブーメランのように舞い戻り、森瀬自身を斬《き》りつけるのが見える。美砂緒の顔にも、感情の揺らぎが陰となって浮かんだ。

「ああ、えっと、そう、そうだよね。たしかに、森瀬くんとは喋ったりメールしたりする仲ではなかった。でも、だからこそ余計に印象深いんだ、クラス日誌が」

「日誌？」

森瀬はぽかんと口をあける。その顔を見て、美砂緒にふたたび微笑みが戻ってきた。

「日直が一日の授業内容なんかを記録して、担任に提出するノートをそう呼んでたんだけど、忘れちゃった？」

「忘れたくても忘れられない、日直の面倒臭い義務ですよ」

梢が現役生の立場から説明を加えると、美砂緒は顔をほころばせ、森瀬を指さした。

「普通はそうでも、森瀬くんが書く日誌は全然違った。空欄のままでいい備考欄にわざわざ、その日教室であった出来事を書いてた。記録じゃなくて描写ね。何てことない実際の日常なんだけど、森瀬くんが書くと現実よりずっと明るくて、すがしくて、読んでて気持ちよかったんだよね。だから私、彼の目には日常がこんなふうに映ってるのか、あるいは、映っていないことをこんなふうに書けるのか、って——」

美砂緒は目の前にクラス日誌があるように視線を落とした。

「たぶんこういう人が小説家なんだろうって、そのとき思ったんだ。たとえ今、実際に小説を書いてなかったとしても、小説家なんだろうって」

あ、と梢は思わず声を漏らす。今、美砂緒が紡《つむ》いだ言葉こそ、亜麻音に森瀬を「元小説家」と評されたときに、返したかった言葉だと気づいたからだ。

「あの、今言ったみたいな感想を、当時の萩原さんは店長に伝えたんでしょうか？」

「さあ、どうだったかな。〝日誌おもしろいね〟くらい、言ったっけ？」

美砂緒から屈託《くったく》なく尋ねられ、森瀬はクセ毛を引っ張りながら「もう忘れたな」と首を振った。それで梢は、美砂緒が森瀬には何も伝えずに卒業したのだと知る。もし美砂緒から何か言葉をもらっていれば、森瀬が覚えていないわけがない。たとえ美砂緒が言ったかどうかすら忘れ去っても、森瀬はきっと死ぬまで覚えているはずだ。その意識の差を、二人の青春の形の違いを、梢はせつなく思った。

美砂緒は笑顔で話しつづける。

「だから二十歳のとき、森瀬くんが『瀬をはやみ』って小説で賞を獲《と》ったと知っても、私は驚かなかったよ。その小説がおもしろいってことも、読まなくたってわかった。あ、もちろん読んだけど」

「どうだった？　実際に読んでみて」

「おもしろかったよ」

そのシンプルな感想に、森瀬はがくりと頭を垂れる。

「そんなはずないだろ。嫌だったんじゃないか？　だって主人公は――」

「ヒロインの波月ちゃん？　全然嫌じゃない。むしろ、憧れた。自分もこんなに素直で明るい人になれたらなあって」

美砂緒は朗《ほが》らかに言った。その口ぶりも顔つきも、嘘をついたり皮肉を言ったり不満をのみこんだりしている様子はない。美砂緒は、自分が波月のモデルであることにまったく気づいていなかった。森瀬の口があんぐりひらく。梢も混乱した。そんな二人を置き去りにして、美砂緒は熱心に語りだす。

「波月ちゃんが最後、大事な人と別れて、苔《こけ》の研究に没頭するでしょ。あそこは特にぐっときたし、励まされた。ちょうどその頃、私も大学の再受験をするかどうかで悩んでいた時期だったから」

「再受験？」と森瀬の目が大きくなった。

「うん。現役合格が難しそうだからって一度は諦めた大学に、やっぱり行きたくなって」

「――萩原さんにも諦めるなんてことがあるんだ」

「当たり前でしょう。私、けっこうメンタル弱くて、挫折《ざせつ》しがちよ」

そう言って肩をすくめた美砂緒を、梢は今までよりずっと身近に感じた。

「だから、森瀬くんの小説をあの時期に読めたこと、私は勝手に運命だと思ってる。『瀬をはやみ』に背中を押されて、えいやって人生の方向転換ができたんだもん」

「それは――よかった。おめでとう」

森瀬の間の抜けた祝福に、美砂緒は「ありがとう」と律儀に頭を下げた。

ずっと女性達に囲まれていた木崎が、ようやく一人になって美砂緒を呼びに来る。市民劇団を支援してくれているスポンサー達への挨拶があるらしい。

美砂緒は「すぐ追いかけるから」と木崎を先に行かせてから、森瀬と梢に向き直り、早口になった。

「今日は観にきてくれて、本当にありがとう」

美砂緒はワイドパンツのポケットから無造作に名刺を取り出し、森瀬と梢に一枚ずつ渡してくれた。大学の教員ではなく演劇人としての名刺で、自宅の住所と電話番号とメールアドレスが明記されている。森瀬もあわててポケットを探り、うなだれた。

「悪い。俺、今、名刺持ってないわ」

「じゃ、今度会うときは、森瀬くんから連絡ちょうだいね」

美砂緒は森瀬の返事を待たず、華やかな残像を置いてひらりと去っていった。

梢が森瀬と共に外に出ると、太陽は大きく西に傾き、日差しもゆるやかになっていた。

「七里ヶ浜駅まで歩くか」

森瀬がぽつりとつぶやく。

「三十分はかかりますよ」

「もうそこまで暑くないし、下り坂だし、三雲さんの家もそっち方面だろ」

どうやら送ってくれようとしているらしい。梢はおとなしく従うことにした。

歩きだしてしばらくしてから、「そういえば」と森瀬は梢を見る。

「今さらだけど、何で浴衣姿なの？」

「木崎さんに頼まれたんですよ。これを帯に挟んで、劇団の宣伝をしてほしいって」

梢は「これ」のところで劇団のうちわを見せた。森瀬が笑うので、頭に血がのぼる。

「似合ってないのは、百も承知です」

「誰がそんなこと言った？」

「店長、今、笑ったじゃないですか」

「俺が笑ったのは――木崎君も案外不器用だなと思ったからだ。十分似合ってるよ」

「取って付けなくても結構です。ていうか木崎さんが不器用って、どういうことですか？」

森瀬は梢の視線を逃れ、「そのうちわかるよ」とはぐらかした。梢はそれ以上追及せずに、話題を変える。

「萩原さん、波月のモデルにされたことに気づいてなかったですね」

森瀬はふたたび梢に向き直り、憂鬱《ゆううつ》そうに息を吐く。

「向こうが気づいていようがいまいが、モデルにしたのは事実だからな。物語だって、たまたま向こうの人生のタイミングで好意的に解釈してもらっただけだし——」

「店長、いい加減にしてください」

梢は遮って、うちわでばたばたと森瀬をあおいだ。

「私も萩原さんも木崎さんも、『瀬をはやみ』の読者はみんな、主人公の波月のまっすぐな強さに憧れるんです。店長がどんな気持ちで波月を描いたのか知りませんが、波月は素敵な女の子です。『瀬をはやみ』は素敵な小説です。だから店長、認めましょうよ」

「何を？」

「店長が書いた小説は、個人の思惑なんてとうに超えて、普遍的な作品になってる。つまり、森瀬桂は昔も今も変わらず小説家なんです」

森瀬が無言で長い顔を撫でさする。その目の奥に徐々に光が射してくるのを、梢は嬉しい気持ちで見守った。

「店長にもちゃんとあったじゃないですか、青春」

「そうかあ？」

「萩原さんに連絡取ってくださいね」

「——別に友達じゃないし」

「今から友達になればいいんです」

　梢に論破され、森瀬はむうと唸《うな》る。そしてふと目を上げ、表情をゆるめた。

「ここに出る道だったのか」

「ここって？」

　話に夢中になっていた梢が、あわてて周りを見まわす。高台の雑木林を抜けたところに、ぽっかりと広大な敷地があった。その広々とした芝生の上に、オレンジ色の屋根を持つロッジ風の建物が散在しているのが見える。梢は片側が絶壁になっている雑木林に既視感を覚え、幼い頃、妹と二人でそこに迷い込んだことを思い出した。たしか、マキとはじめて出会った雑木林だ。ここだったのか、と感慨深い。あのときは体が小さかったせいか、雑木林はもっと大きく、絶壁の斜面はもっと急だったように見えた。そして林の先に、こんな広い土地と施設があることには気づきもしなかった。

「〈ホスピス葉桜〉。あの夏祭りの晩、三雲さんといっしょに本を運ぶはずだった――」

　梢は合点して、高台の下を見おろす。七里ヶ浜の町並みと海岸線そして海が見えた。

「ここからの風景って、七里ヶ浜をまるごと抱いているみたいですね」

　梢は感じたままをつぶやく。余生をおだやかに過ごしたいと願う人の気持ちに添う場所に思えた。

　森瀬は「たしかに」とうなずいたあと、梢を見据えた。

「三雲さん、悪いけど、ここから一人で帰れるか？」

「はい。帰れますけど、店長は？」

「せっかくだから、ホスピス葉桜に寄っていくわ」

「そうですか。じゃ、ここで失礼します」といつもの調子で会釈をしかけ、梢はもう自分から店に訪ねていかないかぎり、森瀬と顔を合わせる機会がないことを思い出す。

「店長、この夏休みは大変お世話になりました」

その言葉で、森瀬も梢のアルバイト期間が終了していることを思い出したようだ。

「あ、や、まあ、こっちも三雲さんにはいろいろ世話になった。おかげで――」

何か言いかけてのみこむ。そして「元気で」と手をあげた。

青い芝を踏みしめ、リゾート地のようなホスピス葉桜の敷地をまっすぐ歩き去っていく森瀬を見送り、梢は自分も歩きだす。

――店長が急にホスピス葉桜に寄っていく気になったのは、立ち消えになったままの次作を、今度こそ完成させる準備に取りかかるためかも。

坂道をくだりながら、そんな想像をしてみた。考えただけでわくわくする。梢はいつまでだって森瀬桂の新作を待とうと決めた。

かご巾着《きんちゃく》の中で携帯電話が震える。取りだすと、亜麻音からのメッセージが入っていた。

――今日はおつかれ。梢ちゃんがもし、少しでも演劇に興味があるなら、〈改札口〉に顔を出してみない？　初心者大歓迎。てか、みんな初心者だから。

文面を三度読み返し、梢は視線を上げる。海に向かって深呼吸した。坂の下をゆっくり横切っていく白猫が見える。あの猫はジョンだと、梢は決めつける。

「やってみようかな、演劇」

無意識にこぼれた言葉が、梢の胸を弾ませた。演劇に興味があるかどうか、正直わからない。亜麻音という人間と友達になれるかどうかも、わからない。けれど今、同じ空間で同じ空気を吸っている誰かと何かをやってみたいと、梢は生まれてはじめて思った。

梢 20歳
若葉 18歳

第四章　春になれば

黄金《こがね》色の夕日が、七里ヶ浜の海を染めていた。その光は校舎の窓を通して、図書室で自習している若葉の手元まで届く。淡いぬくもりを味わうように、若葉はシャーペンを持った手をゆっくり回した。冬至《とうじ》を控えたこの時季の日は短い。夕日はみるみる高度を下げ、ほどなく水平線の向こうに隠れてしまうだろう。

あと一ヶ月もしないうちに、新しい年がやってくる。若葉達三年生の大多数が受験に挑む年だ。その結果がどうあれ、早春の日差しに海が輝く頃には卒業しなくてはならない。

〝日本一海に近い高校〟と謳《うた》われる校舎から当たり前のように眺めてきた海の風景と共に、〝高校生〟という肩書きも奪われてしまう。

「若葉、どうした？」

少しハスキーなささやき声が耳に届き、若葉は我に返った。隣の席の女子生徒と目が合う。女子バレー部のキャプテンであり、若葉の一番の親友でもある峯田《みねた》蒼衣《あおい》だ。部活を引退したあと、染めたり伸ばしたりパーマをかけたりと一斉に髪型に凝《こ》りはじめた若葉含むチームメイトとは違って、蒼衣は今も潔《いさぎよ》いショートカットのままだ。それが逆に、彼女のエキゾチックな顔立ちを際立《きわだ》たせていた。

「ごめん。勉強に飽きちゃって――」

「飽きてる場合か」

若葉の言葉に苦笑いしながら、蒼衣は自分の問題集に視線を戻す。英語の長文読解の最中だったらしい。すぐさま問題文に集中していく蒼衣の横顔を眺めつつ、若葉は椅子に座り直した。キャプテンとしてバレーボールやチームメイトのことをいつも考え、引っ張ってきてくれた蒼衣が今、その全精力を受験勉強に費やしているのは明らかだ。いや、蒼衣だけではない。図書室にいる三年生、もっと言えば、全国の受験生がそうだろう。まさに今が正念場。「飽きてる場合」ではないのだ。嫌な汗が出てきた。若葉は額をぬぐって、古文の問題集に目を落とす。前後の文章に何度も目を走らせ、登場人物と場面を把握しようとがんばってみるが、集中力がつづかない。シャンプーがなくなったことを姉に伝え忘れたとか、父が作る今晩のごはんは何だろうとか、余計なことばかり考えてしまう。

思わず漏れた若葉のため息は思いのほか大きかったらしく、隣で蒼衣がシャーペンを置くのが視界に入ってきた。若葉が両手をあわせて頭を下げると、蒼衣はふと息をつき、ジェスチャーで「外に出よう」と誘う。

渡り廊下を歩いて北棟に向かいながら、若葉はようやく周りに気兼ねせず声をあげた。

「ごめんね。わたし、蒼衣の気を散らせるようなことばかり――」

「そろそろ、おやつ休憩しようと思ってたところだから」

蒼衣はそう言うと、「ほら」とポケットから小分け包装された一口サイズのドーナツを二つ取りだし、若葉に一つくれた。「ドーナツ、好きなんだよねえ」と蒼衣は笑っているが、若葉は縮めた首をなかなか戻せない。そもそも一人でも勉強できる蒼衣に泣きつき、予備校のない日の放課後は最終下校時刻まで図書室でいっしょに勉強してもらう約束を取り付けたのは、若葉だった。

――一人だと勉強できないの。友達といっしょなら、やる気出るんだけど。

若葉がそう言いきれたのは、高校受験のときの例があったからだ。優亜や理太郎など、小学生の頃から仲の良かった友達と地元の同じ塾に通い、塾の授業のない日もみんなで自習室に集まっていっしょに勉強した。遊びの延長のような楽しい時間だった。

自販機の置かれた場所まで行くと、若葉と蒼衣はそれぞれ飲み物を買う。若葉は決まって紙パックのイチゴ牛乳、蒼衣は日によって様々だ。

「蒼衣、今日はオレンジジュースなんだ？」

「うん。ドーナツにはオレンジジュースが、私の鉄則。昨日の夜、勉強してたら急にこの組み合わせが欲しくなってさあ、でもどっちも家にないし、真夜中にコンビニまで行くのも怖いし、結局、我慢して寝たんだよね――今やっとリベンジ」

「何だそれ」と若葉は笑いながらも、蒼衣が真夜中まで勉強していることに驚いた。

「頭がいい人ほど、勉強するよね」

思わずしみじみとつぶやいてしまい、今度は蒼衣がドーナツを食べながら「何だそれ」と声をあげる。

「勉強するから、頭がよくなるんじゃないの？」

「蒼衣はこれ以上賢くならなくていいって。志望校の合格率、八十パーセント超えじゃん」

「志望校？　え、どの大学のこと？」

蒼衣がアーモンド型の目をみひらいて首をかしげるので、若葉は横浜にある大学の名前を挙げてみせた。

「あそこの教育学部で勉強して、先生の資格を取って、〈みねた学友館〉を継ぐんでしょ」

一年生のクラスで仲良くなって以来、蒼衣の両親が住まいのある大船《おおふな》で中学受験に特化した個人塾を経営していることはよく話題にのぼってきた。地元だけでなく、横浜のほうからも小学生が集まってくるほどの人気塾らしい。蒼衣自身、中学は受験して私立に通っていたそうだ。エスカレーター式の高校に進まず、わざわざ公立高校を受験し直した理由は「自分で進路を決めたかったから」らしい。勉強が好きでも得意でもない若葉には、しなくていい受験にみずから挑んだ蒼衣の意欲は理解しがたいが、この高校を選んだ理由が「学生生活を目一杯楽しめそうだったから」というのはうなずける。実際、〝日本一海に近い〟校舎で受ける授業、友達とのお喋《しゃべ》り、体育祭や文化祭などのイベント、部活動といった高校生活のすべてを、若葉は目一杯楽しんできた。

「若葉もあそこ受けるんだっけ」

「うん。あの大学のバレー部はけっこう強いって聞いたし」

「部活で決めたんだ」

蒼衣は笑いながら図書室に戻りはじめる。若葉もあとにつづき、口を尖《とが》らせた。

「部活だけで決めたわけじゃないけど。大学っていっぱいあって、選ぶの難しいんだもん。無事入学できたら、蒼衣もいっしょにバレー部入ろうよ」

蒼衣は「そうねえ」と目を細めて廊下の先を見つめ、「バレー部といえば」とつづける。

「来週は、なぎさマラソンだね」

「うん。バレー部三年のみんなで絶対、皆勤賞獲《と》ろうね」

志望校の話から一変して勢いづく若葉に微笑《ほほえ》み、蒼衣はうなずいた。

「私達に残ってる学校行事ってもう、なぎさマラソンと卒業式しかないからね」

その事実に、若葉は胸を突かれる。目一杯楽しんできたのに、まだ全然足りないと思ってしまう。それくらい高校生活は楽しかった。部活でもクラスでもいい友達に恵まれた。なかでも蒼衣は筆頭だ。一生の友達になったと若葉はひそかに確信している。高校生のままでいられたらどんなにいいかと、最近は毎日思っていた。もちろんそんなことは無理だとわかってもいる。

だったらせめて、と肘《ひじ》の部分がてかてかになっている蒼衣のブレザーを見つめ、若葉は願った。

——蒼衣と同じ大学に行って、またいっしょに過ごせたらいいな。

＊

翌日の放課後、三年三組の教室は静かだった。担任の矢野《やの》と父親の幹彦と若葉、三人が顔を突き合わせていながら、誰も何も話さず、静まりかえっている。空気は重い。

矢野が息を吐き、「どうかな」とやさしい声で促《うなが》した。定年間近と噂《うわさ》されるベテラン男性教師だ。小柄で痩《や》せ形の体軀《たいく》と小さな丸顔には、すでに好々爺《こうこうや》の雰囲気がある。性格もいたって温厚で、授業はおもしろく、生徒達に好かれている教師だった。

若葉もまた矢野に好感を抱く生徒の一人だ。けれど今日ばかりは真正面に座った彼の顔をまともに見られない。左隣の幹彦がちらちら視線を送ってくるのがわかったが、それでも顔を上げなかった。

「先生は心配してくださってるんだよ」

場の重苦しさに耐えきれなくなった幹彦が、口を挟む。珍しいスーツ姿だ。白髪まじりの長髪と口髭《くちひげ》にも、きちんと櫛《くし》を入れてある。突然、担任から家に電話がかかってきて、時期はずれの三者面談を設定されたのだ。幹彦なりに緊張しているのだろう。

若葉の前の机には、直近に受けた模試の結果が載っていた。蒼衣と同じ志望校の合否判定欄には、おしなべて合格率二十パーセント以下のD判定と〝志望校の再考を〟というアドバイスが並んでいる。一年生の頃から定期テストの点がよく、内申点も指定校推薦を取れるくらいは上位にいる蒼衣が志望するレベルの大学だ。模試の結果は、若葉にとって予想の範囲内だった。とはいえ、やはり途方には暮れてしまう。担任だってお手上げだろう。

「受験まであと二ヶ月を切っていますので、一度ご家族とも話し合ったほうがいいと思いまして。あ、浪人してでも行きたい大学だというなら、話は全然変わってくるのですが」

矢野はまるで自分が不甲斐《ふがい》ない成績を取ったかのように肩をすぼめた。

「若葉、浪人すんの？」

幹彦の質問に、若葉は眉《まゆ》を下げる。たれ目の若葉が眉を下げると、みるからに困り果てたかわいそうな顔つきになるのだろう。矢野が若葉への助け船を出すように、やさしく言った。

「現役合格を狙うなら、もう少し学校の選択肢を広げてもいいんじゃない？」

若葉の眉は一向に上がらず、また沈黙が生まれる。幹彦が身を乗り出して、模試の結果を覗《のぞ》き込んだ。志望校名を指でなぞりながら確認し、「ええっ」と声をあげる。

「若葉――教育学部志望なのか？　先生になりたいのか？」

黙り込んでいる若葉に、幹彦はつづけて問いかける。

「そっち方面に興味あったんだ？」

「あるよ、少しは」

若葉はそう答えるのが精一杯だ。幹彦は叱責《しっせき》しているわけでも、非難しているわけでもない。純粋に驚き、不思議がっている。それがわかるから、若葉は余計に気まずかった。

矢野がまあまあと割って入ってくれる。長い教師生活の中で、面談中に目の前で揉《も》める親子など何組もいたのだろう。ちっとも動じず、まず幹彦のほうを向いた。

「教育学部に通ったからって、別に先生にならなきゃいけないわけじゃないですからね。将来についてはまず大学に入って、そこでの経験から考えていく子はたくさんいますよ」

「〝まず大学に入って〟ができればいいんですけど。どれもD判定なんですよね？」

幹彦の指摘は、軽い口調ながらも鋭い。矢野は顔を苦しげにくしゃっと歪《ゆが》めて、「ええ」とうなずく。その顔のまま、今度は若葉を向いた。バインダーから一枚のプリントを抜き取り、机の上を滑らせる。

「今の三雲さんの志望校より、少しばかり入りやすそうな大学を書きだしてみたよ。教育学を学べて、教員免許の取れる学部があり、入試問題の傾向も似てるから、今までの目標や勉強方法を変えずに済む。参考までにどうぞ」

若葉は礼を言ってプリントを手に取る。大学と学部の名前がずらりと並んでいた。首都圏以外の地域の大学も含まれている。たった一人の生徒のためにここまで、と幹彦がうわずった声で感謝を述べた。矢野はもうひと押しとばかりに、机から立ち上がる。

「どうだろうね、三雲さん。教育学部以外の学部の検討も含め、一度考えてみようか」

学びや将来とは全然違う観点から志望校を決めたことを、矢野に見破られた気がして、若葉は目を伏せた。頰《ほお》と耳が熱くなってくる。

「わかりました」

若葉が蚊の鳴くような声を絞り出すと、矢野は心底ほっとしたように息をついた。

「終業式までに、新しい志望校を教えてもらえると助かるよ。無理なら、年明けでいい」

最後に矢野は幹彦に向かって「よろしくお願いします」と頭を下げる。幹彦もあわてて頭を下げ返し、気詰まりな時間がようやく終わった。

幹彦は正門まで若葉と連れ立ってやって来ると、「あー、緊張した」と伸びをする。

「いい先生でよかったな、若葉」

「うん。わたし、これから図書室でもうひと勉強してくる」

「おう。がんばれ、D判定」

「ちょっと。渾名《あだな》みたいに言うの、やめて」

若葉の抗議に、幹彦は大口をあけて笑ってから真顔になる。

「どうしても行きたい大学なら、浪人していいからな」

若葉は複雑な気持ちでうなずき、幹彦に釘《くぎ》を刺した。

「今日のこと、お姉ちゃんには言わないでね」

「何？　この時期にD判定食らってるってこと？」

「それもだし、志望してる大学や学部のことも」

姉の梢は、小さな頃から本を読むのが好きで、高校では演劇に目覚め、有名な演劇サークルのある大学の文学部にあっさり現役合格していた。大学二年の今は、くだんのサークルでの活動に加え、高校の頃からつづけている地元の市民劇団のお手伝いに、アルバイトにと忙しく過ごし、肝心の大学の授業はほとんど受けていないらしい。家で顔を合わせる時間も少なくなっていた。

「知ったところで、梢は変に口を出してきたりしないと思うけど」

「わかってる。わたしとは別種族だもん、お姉ちゃんは」

好きなものややりたいことがまずあって、そこに向かって粛々と努力できる姉を尊敬する気持ちがあるからこそ、若葉は梢から「何がやりたいの？」「好きなものは何？」とは絶対に聞かれたくなかった。そういうものが見つからない人間の苦労を、理解してもらえるとは思えなかったから。

幹彦は何か言いたげに若葉の顔を見ていたが、結局、若葉の伸ばしかけの髪をぐしゃぐしゃ撫《な》で、「じゃっ」と手を振った。父に頭を撫でられたのはずいぶん久しぶりで、若葉はせっかくコテで作った巻き髪が崩れたことにも気づかず、ぼんやり見送ってしまった。

＊

図書室での「もうひと勉強」を終えての帰路、坂道の途中で、若葉は理太郎と会った。正確に言えば、電柱の陰にうずくまっている人影が見えたので、怖くて走り抜けようとしたら「若葉」と呼び止められて気づいた。

「今日は地元の友達によく会う日だな」

そう言ってのんびり笑う理太郎は、金ボタンの学ランの上からダッフルコートを着込み、ベーカリー・ジェーンのビニール袋を提《さ》げていた。

「さっきマフィン買ってたら、優亜にも会った」

「優亜に？　いいなあ。わたし全然会えてない。元気だった？」

「うん。元気そうだった。春から美容学校でヘアメイクの勉強するんだって」

「あー。中学のときから、将来はネイリストか美容師になりたいって言ってたもんね」

若葉はつい今日の臨時三者面談を思い出してしまい、ため息をつく。理太郎が首をかしげるのが見えて、あわてて取り繕《つくろ》った。

「電柱の傍《そば》でうずくまってたけど、何してたの？　気分でも悪いの？」

「違う。ジョンと遊んでた」

理太郎は電柱を指さし、白い歯を見せてにこっと笑う。若葉がまわりこむと、暗がりに体も顔も丸い白猫がうずくまっていた。黄色と水色のオッドアイの瞳孔《どうこう》がひらき、今頃気づいたかと小馬鹿にしたような顔であくびする。

理太郎は長い足を折ってまた電柱の元にしゃがみ、ジョンの額をぐりぐりと指の背で撫でた。ジョンの目が気持ちよさそうにつうっと細く吊《つ》り上がる。

「若葉はよく会う？」

「ジョンと？　まあ、わたしは高校も徒歩圏内だから、一週間に一度はどこかで見かけてるかな。ウチの高校の構内で、堂々と日向《ひなた》ぼっこしてたりするよ、この猫」

「そっか。羨《うらや》ましいな。俺はすっげー久しぶり。半年、いやもっと会えてなかったかも」

理太郎は北鎌倉にある私立の男子校に進んだ。志望動機は「修学旅行でイタリアに行けるから」だったらしい。若葉は学費を払う理太郎の母、沙斗子に同情したものだ。

理太郎は屈託《くったく》なく「元気そうで嬉《うれ》しいよ」とジョンに話しかける。ジョンは「ナア」と小さく鳴いた。瞳が丸くなり、潤《うる》んだように見える。若葉が見たことのないリラックスした表情だ。理太郎に心を許し、甘えているのがわかる。そういえば小学生の頃から理太郎はジョンに懐《なつ》かれていたと、若葉は唐突に思い出した。一方で若葉は、はじめて会った保育園の頃からジョンに舐《な》められれどおしだ。

「理太郎ばっか、ずるい」

若葉の口から飛びだした言葉に、理太郎はもぞもぞと脇に寄り、手招きする。

「じゃあ、若葉も来いよ。いっしょに撫でてやろう」

あ、そういう意味じゃなくてと、今さら訂正するのも気恥ずかしく、若葉は理太郎の隣にしゃがみこんだ。冬の空気に混じって、シャボンのやわらかい匂いがする。理太郎の家の柔軟剤の香りだ。膝《ひざ》を並べて無心に猫の滑《なめ》らかな毛を触っていると、小学生の頃に戻ったようで、もやもやしていた気持ちが少しずつ落ち着いていった。

ジョンは最初うずくまったまま若葉と理太郎の奉仕を受けていたが、やがてごろりと道路に横たわり、最後はお腹《なか》まで見せてくれる。目をとろりと半分閉じて、前脚で宙を掻《か》き、そのまま眠ってしまいそうだったが、排気音の大きな外車が通ったとたん、ぱっと身を起こした。夢から醒《さ》めたような目で若葉と理太郎と見比べると、ぷいと背を向けて歩きだす。その小気味よいほどの気ままなふるまいに、あとに残された二人は呆然《ぼうぜん》と顔を見合わせた。

先に吹き出したのは、理太郎だ。

「やっぱりジョンは最高だな。猫はああでないと」

「そうやって七里ヶ浜の住民達が甘やかすから、ますますふてぶてしくなるんだよ」

若葉の嘆息をどう受け取ったのか、理太郎はさらに笑い転げた。若葉は立ち上がり「じゃあね」と帰ろうとして、ふと振り返る。

「そうそう。葛木先生に赤ちゃんが生まれたんだって。受験終わって春になったら、いっしょに先生ん家《ち》に見に行かせてもらおうよ」

サクラサク春であるといいなと、若葉は遠い先の自由に思いを馳《は》せながら言った。

当然すぐ乗ってくると思っていた理太郎だが、「春か」と言ったきり言葉がつづかず、顔を曇らせる。若葉が「何？」と首をかしげると、思い切ったように口をひらいた。

「俺、受験はしないんだ」

「へ」

「大学には行かない。高校卒業したら、イタリアで修業してくる」

「何の修業？」と思わず聞き返してから、そんなの決まってるじゃないかと、若葉は頭を振る。

小学生の頃から理太郎は、母の職場であるピエトラ・ルナーレに出入りしていた。中学生になると、所属するバドミントン部の活動がない土日はフロアを仕切っていたし、高校にあがってからは部活に入らず、放課後と週末は常に店にいて厨房《ちゅうぼう》を手伝っていると、若葉は理太郎本人から聞いていたし、家族で食事に行った際に目にもしていた。

そんなあれこれを思い出せば、理太郎が口にした進路は、若葉にもごく自然なものに思える。不自然なくらい納得できないのは、若葉の心の問題だった。

「なるほど」と言う代わりに、若葉の口から出た言葉は「なんで」。

理太郎は困ったように、何度もまばたきした。

「なんでって、イタリア料理のプロになりたいから」

「イタリアンのお店なら、日本にもたくさんあるじゃん。それこそピエトラ・ルナーレだって――」

「修業先は、沙斗子が若い頃に働いてた店なんだ。沙斗子の話を聞いて、俺ずっと憧れて、料理人の修業をするなら絶対その店って昔から決めてた。今の高校を選んだのも、修学旅行先がイタリアでお店に行けると思ったからだし、実際に行って、料理を食べて、ここで修業したいって改めて思えたし」

若葉の言葉を遮って、理太郎が低い声で言った。揺るぎない決意がこめられた声だ。その揺るぎなさが、若葉の頬を張る。

「ずっと？　昔から？　知らなかった。わたし、初耳だよ」

「それは――」

言いよどむ理太郎の視線が痛い。若葉は自分が今どれだけ図々《ずうずう》しいいちゃもんをつけたか、よくわかっていた。家族でも恋人でもないのにと、恥ずかしくなる。今日の三者面談で、やりたいことも好きなことも見つからない自分を突きつけられたばかりだけに、冒険にしか見えない独自のルートで将来に向かおうとしている理太郎が、ずいぶん遠い人間に思えたのだ。理太郎もまた自分とは別種族だと知り、寂しく、心細くなった。

いかん、いかんと心に活を入れ、若葉は笑顔を作る。

「ごめん。今、何か変な言い方しちゃった。今のなし。気にしないで」

あたふたしている若葉の頬に、理太郎の手が伸びる。手袋をしていない冷たい指先が頬に触れた。びくりとして動きを止める若葉の顔を、理太郎が腰を折って覗き込んでくる。小学校のときは若葉より小さかった背も、中一で若葉を抜かし、中学卒業前には男子の平均身長を超え、高校生になってからさらに八センチ伸びて、今や高身長の部類に入っていた。体が大きくなるのと同時進行で、顔の輪郭もごつごつと骨張ったが、くりっとした黒目がちな目は小学生のときと同じだ。すぐ間近にきたその目に、若葉の情けない顔が映っていた。

「若葉、だいじょうぶ？」

まっすぐ届いた問いかけが、若葉の胸を打つ。理太郎が純粋に心配してくれているのが、よくわかった。冷たかったはずの理太郎の指を、若葉はいつのまにか熱く感じている。じんじんと頬が震えてくる。

「だいじょうぶ」

「でも——」

「だいじょうぶだから」

クラクションと共に脇を通り過ぎる車のヘッドライトに照らされたのを機に、若葉は理太郎から身を引いた。

「そんじゃわたし、帰るわ。またね」

逃げるようにきびすを返して、坂道を駆け上がった。理太郎が何か叫んだが、若葉は振り返らない。心臓がいびつな鼓動を繰り返しているのは、息が切れているせいか、理太郎のイタリア行きに動揺しているせいか、はたまた、近くで向き合った理太郎の大人びた眼《まな》差《ざ》しが瞼《まぶた》の裏に残りつづけているせいか、今は答えを出さないでおこうと決める。

若葉は走りながら、理太郎の指があった頬に触ってみる。そこはいつまでも熱かった。

＊

週明けの月曜日は図書室が混雑していたので、若葉は蒼衣を家に誘った。蒼衣は「私もゆっくり話したかったんだよね」と勉強より休憩を重視した物言いをして、ついて来た。

道々の話題は、明日から四日間つづく校内行事、なぎさマラソンのことに終始した。

自分の部屋には二人分の参考書を広げるスペースがなかったので、若葉は蒼衣をリビングルームに通す。ソファの上に洗濯物が積み上がったままだと気づき、あわてて隣の部屋に押し込んだ。掃除も整頓も行き届いていないことを、蒼衣に詫《わ》びる。蒼衣はソファのクッションを自分好みに置き直し、深く腰掛けて天井を見上げた。

「気にしないで。居心地いいよ、若葉ん家」

「そう？　わたしはいつ行っても綺麗《きれい》に片付いてる蒼衣ん家が羨ましいけどな」

キッチンで紅茶のお湯を沸かしながら若葉が言うと、蒼衣は大仰《おおぎょう》に顔をしかめる。

「家が綺麗なのと居心地がいいのは、また違うから。ウチなんて親子喧嘩《げんか》がひどすぎて、息つく場所がないよ。高三になってからは特にひどい」

「ウチは喧嘩にならないだけ。変なんだもん、お父さんが。お母さんが生きてたら、またちょっと違ってたと思うんだけど」

蒼衣は神妙な顔になって、チェストのほうへ目を向ける。

「あそこが、お母さんのお仏壇？」

チェストの上には木の飾り台がのっており、そこに小さな骨壺《こつつぼ》とおりんと一輪挿しが並んでいた。若葉の返事を待たずに、蒼衣は立ち上がり、チェストに歩み寄る。若葉も立ち上がった。

「シンプルでしょう。遺骨の大部分は本人の希望で散骨しちゃったし、お父さんのポカで写真も残ってないし、戒名を作らなかったからお位牌《いはい》もないし」

「お母さんのこと、覚えてる?」

「全然。お母さんが死んだとき、わたし、まだ三歳くらいだよ。しかもお母さん、最後の一年は入院してて家にいなかったから、わたしが最後に見たのは——二歳とか? さすがにないでしょ、記憶。顔も覚えてない」

若葉はさばさば言って、肩をすくめた。蒼衣が手を合わせて目をつぶるから、何となく自分もいっしょに手を合わせてしまう。歯磨きや洗顔と同じ習慣として、仏壇には毎日向かっていたが、母という存在そのものと向き合うのはずいぶん久しぶりな気がした。

何か話しかけたほうがいいような気がして、若葉は言葉を探す。真っ先に浮かんだのは、目下の悩み事だ。

——お母さん、大変だよ。高三の十二月になっても、わたしは進路が決まらない。

ピーッとホイッスルのような音が響く。天から「アウト」を宣告された気がして、若葉はあわてて目をひらいた。鳴っていたのは、やかんだ。

「あ、お湯沸いた。紅茶いれるね」

若葉は悪いイメージを振り払うように、いそいそ立ち上がった。

梢が演劇サークルの公演の差し入れでもらったというクッキーをつまみながら紅茶をの

み、若葉と蒼衣はローテーブルの上に各自の問題集を広げた。一時間ほど勉強に集中したあと、若葉は立ち上がり、暗くなった窓にカーテンを引き、部屋の明かりをつけ、ストーブと床暖房の設定温度を少し上げる。紅茶のおかわりを作ってこようと二人分のカップを取り上げると、一心不乱に世界史の問題集を解いていた蒼衣が顔を上げた。いつのまにか部屋の眺めが変わっていたことに驚いたようで、目をしばたたく。

「あ――ごめん」

「いいの、いいの。勉強つづけて。いつもながらすごい集中力だねえ、蒼衣は」

笑いながらキッチンに移動した若葉の背中を、蒼衣の声が追いかけてくる。

「そういえば若葉、先週の臨時三者面談で矢野っちに何言われたの？」

ようやく忘れかけていたあの日の様々な場面と感情が一気に蘇《よみがえ》ってきて、若葉は天井を仰いだ。

「――志望校を考え直せって」

「マジ？」

「マジ。大マジ」

若葉は大急ぎで紅茶をいれると、自分の部屋に行き、矢野からもらったプリントを持ってくる。紅茶といっしょにそれを蒼衣に差し出し、自分は皿に残っていたクッキーをつまんで口に入れた。バターの濃厚な香りが鼻を抜けていく。

「模試の結果が最悪でさ。このままだと、不合格間違いなしなんだよね。だから、もう少し努力の甲斐《かい》がありそうな大学をって、矢野っちが勧めてきたわけよ」

蒼衣はプリントに書かれた大学と学部を丹念にたしかめてから、顔を上げた。

「なかなかいいじゃん」

「えっ」

「矢野っち、かなり的確にチョイスしてくれたと思うよ」

「でもさ――志望校変えたら、蒼衣と同じ大学じゃなくなっちゃうじゃん」

むうっと頰を膨らませてクッキーを齧《かじ》る若葉を見て、蒼衣が何か言いかけるより早く、解錠とドアのひらく音がした。

「ただいまあ。お客さんか？」

間延びした声が響く。若葉が「なんで？」と短く叫んで立ち上がるのと、幹彦が満杯のエコバッグをぶらさげてリビングルームに顔を出すのは、ほとんど同時だった。

「やあ、いらっしゃい。若葉の父の幹彦です。漢字はね、木の〝幹〟に彦根城の〝彦〟」

「お父さんの名前はどうでもいいから！　それより何でこんなに帰りが早いの？」

「えー。梢にごはん当番代わってくれって頼まれたからさあ。レジ締め頼んで、早上がりしてきた」

「何でよお」

「何でそんなに嫌がるんだよぉ」

幹彦が若葉の口調を真似《まね》ると、若葉の傍《かたわ》らで棒立ちになっていた蒼衣が吹き出す。幹彦は「似てた？　似てた？」と嬉しそうに身を乗り出し、蒼衣の名前を尋ねた。

「峯田蒼衣です」

「蒼衣ちゃん？　ああ、はいはい、若葉からお噂はかねがね——女子バレー部キャプテンで、名セッターの蒼衣ちゃん、だよね？　いやー、やっと会えた」

「やっと？」

「わたしね、家に友達を連れてくるのは、お父さんがいないときって決めてんの。こういう面倒臭い絡《から》み方するから」

若葉がわざと大声で蒼衣に説明する。幹彦は知らん顔でエコバッグを掲《かか》げてみせた。

「ちょうどよかった。タイムセールでつい、肉を買いすぎちゃったんだ。蒼衣ちゃん、肉好き？　好きだよね？　食べていきなよ」

幹彦は蒼衣の返事を待たずにスウェットの袖《そで》をまくりあげ、口笛を吹きながらキッチンへ向かう。だから友達には絶対会わせたくなかったんだと地団駄《じだんだ》を踏む若葉をなだめて、蒼衣が携帯電話を手に取った。

「ちょっと、家に電話を入れておくね」

「本当にごめん、蒼衣」

「全然。ご馳走《ちそう》になれて嬉しいよ。それに、三雲家に親子喧嘩のない理由がわかった」

蒼衣はにっこり笑ってみせた。

そこから一時間ばかり勉強をつづけると、キッチンから「ごはんだよ」と幹彦の呼ぶ声がする。ダイニングテーブルには、特大の鉄板皿にのった巨大なハンバーグ、グリーンサラダ、コーンスープ、真っ赤なボウルにこんもり盛られたマッシュポテトが並んでいた。いずれも案外手軽に作れる幹彦の定番メニューだ。

ハンバーグとごはんを仏壇に供える幹彦を待って、みんなで「いただきます」をしたところで、梢も帰ってきた。

黒髪を後ろでひっつめ、細いフレームの眼鏡《めがね》をかけた、化粧気のない梢の顔を見て、蒼衣は「女優ってより、モデルさんみたいだね」と若葉に耳打ちした。

モデルねえと、若葉はハンバーグを取り分けながら梢を観察する。若葉からすれば幼い頃から見慣れた、身の回りや容姿に気を遣わない姉のままだが、どうやら最近、周りの見方が変わってきたようだ。黒のスキニーデニムもメンズ物のケーブルセーターも、細身で長身の梢がまとうと、モデルのこなれた部屋着に見えなくもない。もっとも実際は、梢の着たきり雀《すずめ》ぶりに呆《あき》れた演劇サークルの先輩がくれたおさがりだった。

梢は客人のいる食卓に驚いたものの、初対面の蒼衣とはそつなく挨拶《あいさつ》を交わし、うがいと手洗いを済ましてさっさと席につく。

「今日はけっこう早かったな」

ポラロイドカメラを持ってきて、姉妹とその友達の写真を撮っていた幹彦が、顔を上げて梢に言った。梢は若葉の取り分けたハンバーグをさっそく頬ばりながら、首を振る。

「殺陣《たて》の先生がインフルに罹《かか》っちゃって、練習がなくなったんだ」

若葉の隣でコーンスープをのんでいた蒼衣の手が止まる。ぱっと顔を上げる気配がした。

「殺陣って、立ち回りの？」

「そうそう。今度の舞台は幕末の話で、けっこう派手な剣戟《けんげき》があるのよ」

「けんげきって、なあに？」

若葉も会話に加わると、すぐさま「チャンバラのこと」と蒼衣と梢の声が揃《そろ》って返ってくる。若葉も驚いたが、梢も切れ長の目をみひらいた。

「――蒼衣ちゃん、剣戟が好きなの？」

姉妹、そしていつのまにか写真を撮り終えて席についた幹彦にも注目され、蒼衣は顔を赤らめる。

「剣戟というか、ドラマでも映画でも時代劇全般が好きで――」

幹彦と梢が次々と挙げるタイトルに、蒼衣はいちいち反応した。本当に好きらしい。若葉は何一つピンとくるものがない。そもそもドラマも映画も、若葉は友達の付き合いでしか見たことがなく、その中に時代劇はただの一つも入っていなかった。

「知らなかったよ。蒼衣がそんなに時代劇好きなんて」

若葉の言葉に、蒼衣は恥ずかしそうに笑う。

「若葉が時代劇に興味ないのわかってたから。熱く語って、引かれても嫌だなって」

「引かないよ」

若葉は首を大きく振ったが、果たして自分は蒼衣の話をちゃんと聞いたことがあったか不安になった。

――いつも、わたしが話したいことを、蒼衣に聞いてもらうばかりだったんじゃない？

口数が減って、グリーンサラダをもしゃもしゃ食べている若葉にはかまわず、梢は身を乗り出す。

「時代小説も読んだりする？」

「はい。昔のも今のも好きです。剣戟以外の、お料理の話とかもおもしろいなって――」

「待ってて。私のおすすめ持ってくる」

梢は勢い込んで席を立ち、自分の部屋へと駆け上がっていく。ほどなく両手いっぱいに時代小説を抱えて戻ると、以降の食卓は、梢と蒼衣の時代小説トークが延々とつづけられた。

蒼衣をすっかり気に入った幹彦と梢は、暇《いとま》を告げる彼女に「駅まで送る」と言い張ったが、若葉が横からきっぱり断った。

寒気の中、若葉は蒼衣と二人で坂道をくだる。蒼衣は何度も噛《か》みしめるように「若葉の家族は、みんなおもしろいね」と言ってくれたが、あまり嬉しくなかった。

「わたしも今度、時代劇見てみるね。受験終わってからになりそうだけど」

そう言った若葉の横で、蒼衣が足を止める。

「若葉に言いたいことがあったんだ」

二人だけのときに話そうとしたんだけどと言いよどみ、蒼衣は白い息を吐く。

「なあに？　言ってよ」

「うん。私ね、第一志望の大学を変更することにしたんだ」

耳の奥で金属音がした。耳鳴りなのか、冷たい空気のせいか、若葉にはわからない。耳を塞《ふさ》ぎたいなと思ったが、できなかった。

蒼衣は若葉の様子には気づかず、話しつづける。幼い頃から両親の希望を漠然と汲《く》み取って、教職を目指していたこと。しかし受験が具体的になると、大学では本当に好きなことを学びたいと思いはじめたこと。ひそかに京都の大学の映像学部を志望したこと。その学部では、蒼衣が好きな時代劇がたくさん撮られた太秦《うずまさ》の撮影所で実習ができること。自分もゆくゆく時代劇にかかわる仕事に就くのが夢であること。それらすべてを両親に打ち明け、大反対を食らったのが夏前。説得と懇願をつづけ、ようやく昨日、一度きりのチャンスを与えてもらったこと。

「京都の大学を受験校に加えていいって。もし現役で受かったら、通っていいって」

「合格したら、京都で一人暮らしってこと？」

親を説き伏せたことへの「おめでとう」を言い忘れたまま、若葉は尋ねる。

「うん。さすがに、神奈川からは通えないし」

蒼衣は冗談めかして笑ったが、若葉は笑えなかった。そんな若葉の強《こわ》ばった顔を見て、蒼衣も真顔になる。

沈黙が気まずくて、若葉はふたたび歩きだした。蒼衣もついて来る。若葉は何か言わなきゃと焦ったが、何を言っても恨み言になりそうで、怖くて口をひらけなかった。

黙ったまま通り過ぎた何本目かの電柱の陰から楕円形《だえんけい》の顔を持つ白猫がふらりと出てくる。蒼衣が足を止めて、救いを求めるように若葉を見た。

「この白猫、学校の敷地内でときどき寝てる猫じゃない？」

「だね」

若葉から出た言葉は、口調ともども素っ気なかった。蒼衣が話すきっかけを作ろうとしたのを知りながら、そっぽを向いたまま吐き捨てるように言ってしまった。蒼衣がはっと息を詰め、前を向くのが気配で伝わってくる。

――この猫のこと、わたしはジョンって呼んでるんだよ。

そんなふうに話をつなげたいのに、口はかたく閉じたままだ。嫌になるほど、若葉の頭と心と体はばらばらに動いていた。

ジョンはつまらなそうに鼻を鳴らし、道端に腰をおろす。後ろ脚をぴんと張って、毛繕《けづくろ》いをはじめた。人間達の微妙な空気などおかまいなしだ。

蒼衣はその念入りな身繕いをしばらく眺めていたが、ふいにくしゃみをした。それがきっかけであったように、鼻声で切り出す。

「ありがとう、若葉。見送りはここまででいいよ。駅までの道、もうわかるから」

「うん。じゃ」

――なぎさマラソン、がんばろうね。

その一言を付け足したいのに、できない。若葉はやけくそのように手を振った。蒼衣は少し寂しそうに笑って、手を振り返す。

「ごちそうさまでした。じゃ、また明日ね」

蒼衣は小走りで坂道を駆け下りていった。これ以上、自分の冷たい返事を聞きたくなかったのだろうと、若葉は肩を落とす。ジョンが喉《のど》をごろごろいわせて鳴く。いつもは「ナア」と聞こえる声が、今夜の若葉には「あーあ」と聞こえた。

＊

一夜明け、なぎさマラソンの初日を迎える。朝のホームルーム前に七里ヶ浜海岸を出発し、ひたすら砂浜を走る早朝ランを四日間つづける。海辺の高校ならではの行事で、創立以来毎年ひらかれていた。参加は生徒の意志に任されており、強制やペナルティもない。順位もつけないので、各人がマイペースに走れる。スポーツというより思い出作りに近い行事だった。特に三年生は、最後のお祭りとして取り組む生徒が多い。若葉の所属する女子バレー部でも慣例として、三年生部員全員で全日程走破の皆勤賞を目標に掲げていた。

昨夜のことを引きずって、蒼衣と顔を合わせるのを気まずく思いながら、いつもより一時間早く登校した若葉に、昇降口で待ち構えていたチームメイト数名が駆け寄ってくる。

「若葉、大変。蒼衣が倒れた」

「どういうこと？」

混乱と心配で若葉の眉が寄ると、チームメイト達は、三年生の輪から外れて立っていた一人の一年生部員を呼び寄せた。

「メイちゃんが偶然、同じ車両に乗り合わせたんだって」

一年生部員の中でもひときわ小柄なメイちゃんは、若葉の視線の鋭さに一瞬うつむきかけたが、また顔を上げる。

「蒼衣先輩は江ノ電の中で気分が悪くなって、〝途中下車するね〟って長谷《はせ》駅で降りられました。〝家に戻って、病院に行く〟って――」

「蒼衣、一人で降りたの?」

若葉の問いかけに、メイちゃんは顔をゆがめて泣きそうな表情になる。

「すみません。私、心配だから付き添って降りようとしたんですけど、蒼衣先輩が〝メイちゃんはこのまま登校して、三年生に伝えてほしい〟って」

――全員で走れなくなって、ごめん。私抜きでも、なぎさマラソンがんばって。

メールやメッセージの文章ではなく、生身の人間の口を借りて直接伝えられた蒼衣の言葉に、ざわついていたチームメイト達が一斉に黙り込む。しずまりかえった昇降口で、若葉は息を吐いた。

「ウチらの士気をさげないことを一番に考えたんだね。蒼衣らしいわ」

「ザ・キャプテン、だよね」

誰かが雑《ま》ぜ返し、ようやく笑いが起こる。メイちゃんも笑ってくれたことに、若葉はほっとした。

「じゃあ、走ろうか」

若葉の一言に、全員がうなずく。

蒼衣を除いた女子バレー部三年生達は、七里ガ浜海岸駐車場を借りて準備体操を済ませたあと、揃って浜辺に降りた。穏やかな波の音と空を舞うトンビのピーヨロロロという鳴き声を受け、砂を蹴《け》って走りだす。若葉の息はたちまち弾み、朝の冷たい空気が胸いっぱいに飛び込んできた。

「砂浜って、こんなに、走りづらかったっけ」

チームメイトが途切れ途切れに言う。若葉も同じ感想を抱く。ただ、走りづらいのは砂のせいではなく、部活を引退してからめっきり動かしていない体のせいだろうと思った。一度足を止めれば、二度と走りたくなくなるのはわかっている。若葉はチームメイトに遅れないよう懸命に手足を動かし、リズムにのった。周りを見れば、同じ高校の生徒達が大勢走っている。一学年につき九クラスあるため、一度も喋ったことのない生徒や、顔も知らない生徒が大勢いるが、それでも同じ建物の中で同じ行事を経験しながら過ごした時間が太い糸となって、生徒全員を結んでいる気がした。

苦しくて顎《あご》が上がると、江の島と富士山が視界に飛び込んでくる。冬は空気が澄むので、山に積もった雪の質感が伝わってくるほどはっきり見えた。

——綺麗だね。

そんな何気ない一言を、今日はつぶやく気にならない。蒼衣の不在が心に染みた。春になったら、今いっしょに走っているみんなとだって同じ空間で過ごすことはなくなる。太い糸は千切れ、それぞれの胸の中で思い出に変わり、わたし達はばらばらになる。そう思ったら、若葉は何だか泣けてきた。進路が違っても親が知り合いだったり近所に住んでいたりする小中学校の地元仲間との「さよなら」とは、決定的に違う。

蒼衣は京都の大学に合格するだろう。万が一、不合格で若葉と同じ大学になったとしても、そこにいる蒼衣はもう高校生の蒼衣ではない。時は過ぎ、人もまた時の波に乗って変わっていく。一人一人に違う人生があり、人は自分の人生しか歩めないのだと、スニーカーのソールにくっついた砂が跳ね上がるたび、若葉は思い知らされた。


ふくらはぎがつりそうになりながらも、若葉はチームメイトといっしょに無事初日のゴールを迎えた。たいした余韻もないまま、そのあとすぐさま通常授業が行われる。

待ち焦がれた蒼衣の言葉が届いたのは、昼休みが終わる頃だ。今回も、バレー部全員に向けてのグループメッセージだった。

——やっと病院から帰れました。熱が出ているのでインフルを疑われてますが、現時点での検査結果は陰性。念のため、明日もう一度検査を受けてきます。メイちゃん、今朝はありがとう。みんな、心配かけてごめんなさい。

若葉は蒼衣の無事にほっとしつつ、チームメイト全員に平等に向けられた言葉に一抹の物足りなさを覚える。個人宛《あて》のメッセージが届いていないか、そのあと何度も携帯電話を確認したが、蒼衣からは特に何もなかった。若葉もまた何のメッセージも送れずにいた。その理由は、自分でよくわかっている。蒼衣に安心と納得を与えるような言葉を、まだ見つけられていないからだ。

自分の人生というやつのシッポでいいから摑《つか》んでみたいと、若葉は生まれてはじめて切実にもがいていた。誰かといっしょにではなく、一人で。

＊

初日こそつらかったものの、四日間のなぎさマラソンを毎朝走るうちに、若葉の体は夏までの運動部生活で培《つちか》った体力と勘を取り戻し、チームメイトとお喋りしながら走る余裕も出てきた。ウエストが少しきつくなっていることに気づかないふりをしていた制服のスカートも、ふたたび楽にホックが留まるようになった。これは嬉しいおまけだ。

蒼衣は幸いインフルエンザではなく、ただの風邪《かぜ》だったらしい。頑固な熱がやっと下がって元気になったが、大事を取って今週いっぱい学校は休むとの連絡が、これまたバレー部全員宛に入っていた。最後のなぎさマラソンに一日も参加できなかったことに、蒼衣はひどく落ち込んでいる様子だった。

長いようで短かったなぎさマラソンの一週間が終わる。最終日のマラソンのあとは、蒼衣を除くバレー部三年全員で海をのぞむ大階段に座り、ＰＴＡや有志が作ってくれたご褒《ほう》美《び》の豚汁を食べた。

その日の放課後、若葉は一人で図書室で自習した帰り、遠回りして商店街のパン屋、ベーカリー・ジェーンに寄った。豚汁の他に、甘いご褒美が欲しくなったからだ。

白い壁と緑の屋根のツートンカラーが垢抜《あかぬ》けた印象を与える建物に近付き、ガラス扉から店内を覗く。残念ながら、どの棚もきれいさっぱり片付いていた。閉店間際の午後七時近く、スコーンもマフィンも完売御礼らしい。

あたたかいオレンジ色の光の下、パン職人の夫と共にこの店のオーナーを務め、フロアにも立つ梨果が、クラシックなレジの前で電卓を叩《たた》いていた。

若葉は扉の前からそっと離れつつ、梨果はどうやってパン屋を一生の仕事に決めたのだろうと、ふと質問したくなる。梨果だけじゃない。世の中の働く大人達全員に聞きたかった。

――あなたの仕事は、やりたかったことですか？　好きだったことですか？

答えとしてイエスが欲しいのかノーのほうが安心するのか、自分でもわからないまま若葉は商店街の散歩道を引き返す。カレーが有名なレストランの前を通りがかると、脇の道から白い猫がふらりと出てきた。

「ジョン？」

ぴりりと引き締まった空気と夜の闇《やみ》に、白い毛が逆立っているように見える。ジョンは若葉の視線が自分に注《そそ》がれていることを確認すると、ぷいと背を向けて歩きだした。若葉が呆気《あっけ》に取られて見送っていると、足を止めて振り返る。三角の耳と髭《ひげ》がぴくぴくと動き、真顔のままくしゃみした。

「ついて来いってこと?」

帰る方向とは逆だが、若葉はジョンのあとを追うことに決める。その心を読んだかのように、ジョンがまた歩きだした。丸い尻の上で、太くて短いシッポが跳ねる。

ジョンは散歩道を奥へとずんずん進み、ピエトラ・ルナーレも通り越して、そろそろ商店街も終わりかけの辺りまで来ると、急に横を向いた。若葉がその先に視線をやると、月《つき》極《ぎめ》駐車場の一角で赤い提灯《ちょうちん》が揺れている。

「屋台?」

駐車しているのか、営業しているのか、若葉は気になって駐車場に足を踏み入れた。ジョンはいつのまにか若葉の後ろにまわりこんでいる。

近くまでいくと、屋台は昔ながらのリヤカーではなく、移動販売用にカスタムされた黒い軽トラだった。白線の引かれた駐車スペースを器用によけて停《と》まっている。提灯が灯《とも》り、荷台部分に備え付けられたボックスの中で人影が動いているのが見えた。出汁《だし》のいいにおいもしてくる。跳ね上げ式の窓にかかった暖簾《のれん》に、白く染め抜かれた〝おでん〟の文字を読んだとたん、さっきまで甘いものが食べたかった若葉の口がもう、あたたかいものを求めだす。要は、お腹が空《す》いていた。

「隣、あいてますよー」

急に声がして、若葉はぎょっとする。軽トラの陰になってよく見えなかったが、飲食スペースとしてパイプ椅子が何脚か並べてあり、その一脚に腰掛けている少女がいた。若葉の反応が遅れたせいか、少女はわざわざ立ち上がって「ここでーす」と手を振ってくれる。

少女はブレザーの上からピーコートを羽織り、制服らしきチェックのひだスカートを穿《は》いていた。女子高生だろう。短いスカートから伸びた足が白くて細くて羨ましいと若葉は見惚《みと》れていたが、順に視線を上げて彼女の顔までいったところで、あ、と声が出る。

「マキちゃん？」

「やっと気づいてくれた。久しぶりだね、若葉ちゃん」

マキはいたずらっぽく笑って、手招きした。なつかしさと同時に安心感を覚えて、若葉は駆け寄ってしまう。近くで向き合うと、若葉は少し上を向かねばならなかった。前に会ったときは若葉と同じくらいだった目線が、ぐんと上にいってしまっている。百六十センチそこそこはありそうなマキの身長は、梢や蒼衣より低いが、若葉よりはうんと高かった。さらに羨ましいことに、伸びたのは下半身だけと言っていいほど、足が長くなっていた。顔が小さく手足が長いので、実際の身長よりすらりと高く見える。

「マキちゃん、ずいぶんお姉さんになっちゃって」

思わず漏らした若葉の感想に、マキはけらけらと明るい笑い声をあげた。

「やだなあ。親戚のおばさんみたいなこと言わないで。ていうか、前に梢ちゃんと会ったときも、そんなこと言われた。やっぱり姉妹って似るんだねえ」

「何その感想。マキちゃんだって、親戚のおばさんみたいだよ」

「あ、言ったなあ。久しぶりの再会なのに、若葉ちゃんってば失礼」

マキは細い眉を大仰に寄せて、若葉を笑わせる。ここまで朗《ほが》らかに笑えたのは、久しぶりな気がした。大輪の花のようなマキの雰囲気が、若葉の気持ちを明るくしてくれる。

「さ、座って、座って。おでん食べるでしょ？　何がいい？」

マキは自分の部屋のソファを整えるがごとくパイプ椅子の配置を勝手に変えて、自分の近くに若葉を座らせた。

足元にまとわりつくジョンの、白い毛にみっしり覆《おお》われたお腹をくすぐりながら、マキはボックスについた跳ね上げ式の窓に向かって、「注文お願いします」と声をかける。

マキは大根とはんぺんを、若葉は玉子とちくわを注文した。熱々の湯気があがったプラスチック製のおでん容器が二つ、カウンターにのせられる。

「あったかおでんで、あったまろ。ほら、ジョンも」

マキは節をつけて言うと、大根を小さくちぎり、ジョンの足元に投げた。ジョンが丁寧に舐める。若葉はちくわを齧《かじ》った。穴の中に入っていた出汁が喉に流れ込む。熱いが、火傷《やけど》するほどではない。寒気にさらされて冷えていた体が、お腹の底からあたたまる。

若葉ははふはふ言いながらちくわを頬ばり、玉子を割り箸《ばし》で割った。黄身を煮汁にじんわり浸《ひた》してから一口ずついただく。割り箸で掬《すく》えないほど細かく崩れた黄身は、最後に器をかたむけ、煮汁といっしょにのみほした。

若葉がメニューに書かれた値段を見ながら財布と相談していると、マキが「奢《おご》る」と言う。

「ええっ？　悪いよ」

「全然。誘ったの、わたしだし」

マキは大人びた仕草で若葉を制し、「こんにゃくとさつま揚げ。二つずつ」と注文した。まさに今食べたいと思っていた二品だったので、若葉はまたもや驚かされる。

「マキちゃん、よくわたしの好物がわかったね」

「この二品は、わたしの好物でもあるから」

煙《けむ》に巻くように言って、マキはふふふと笑う。間を空けずカウンターに用意された器を受け取り、若葉は椅子に腰をおろしながらつぶやいた。

「おでんの具なら、好きなものがすぐ言えるのにな」

小首をかしげるマキは何も聞いてこなかったが、若葉のほうが打ち明けたくなった。

「わたし、高三の十二月になってもまだ進路が見えてこないんだ。好きなこともやりたいことも、何も見つからない。だから、大学の志望動機もふんわりしちゃって――」

「おでんの具のようには、いかない」

マキが真面目《まじめ》な顔で言うので、若葉は吹き出してしまう。おかげで少し肩が軽くなった。

「そう。おでんの具のようには、いかない。〝次は、こんにゃくとさつま揚げ〟って簡単に決められない」

マキは辛子《からし》をたっぷりつけたこんにゃくを齧り、目をつぶって噛んでいたが、のみこむと同時に目をあける。

「じゃあ若葉ちゃん、学校で好きな時間は？」

「うーん。どの教科もさほどおもしろくないなあ。勉強あんまり好きじゃない」

「授業や教科じゃなくていいよ。学校生活で特に楽しかった時間は？」

「断然部活。わたし、中高とバレー部だったんだけど、部活動の時間の中には喜怒哀楽が全部入ってたし、親友と呼べる友達もできたし、やっぱり思い入れがあるよ」

「ほら。好きなこと、一つ見つかったじゃない。バレーボール」

マキにきらきらした瞳を向けられ、若葉は「バレーボール？」と自問した。

「たしかに好きなスポーツだけど、わたしがそもそもバレーボールをはじめたのは――友達に誘われて、なんだよね」

中学でバレー部に入ろうと熱心に誘ってくれたのは、小学校からの仲良し、優亜だった。

中学のチームメイトとばらばらになった高校でも、一年のときに同じクラスだった蒼衣がバレー部に入ると言うので、「わたしも」と一も二もなくついていった。

「もしその友達が合唱をやっていたら、若葉ちゃんも今頃は合唱部だったってこと?」

若葉は「確実に」とうなずき、肩をすぼめた。

「わたしって結局、友達次第なんだよ。友達と楽しく過ごせれば、他は何でもいいの。自分ってものがないんだよね」

言いながら、若葉は落ち込む。さつま揚げを頬ばったが、すでに冷めていた。

マキは足元で鳴いてさらなるお相伴《しようばん》をねだるジョンの頭を撫でながら、明るく言う。

「なるほど。つまり、若葉ちゃんの好きなことは、友達といっしょにいること。やりたいことも、友達といっしょにいること」

「──あらためて聞くと、情けないね」

「どうして? それだけ若葉ちゃんは友達を大事にしてきたってことでしょう? 情けなくないよ。素敵なことだよ」

マキの言葉には、おだやかな強さがあった。励ましたり慰《なぐさ》めたりするのではなく、心底そう信じて言ってくれていることがわかり、若葉は泣きそうになる。ここ最近ずっと「こんなんじゃダメだ」と思ってきた自分に、百人力の味方がついた気がした。

若葉はこんにゃくを一口分、小さく切り分けてジョンに与え、残りを自分でたいらげる。

冷めていてもおいしかった。空になった若葉のおでん容器を回収して、自分の器に重ねてくれたマキに、若葉は尋ねる。

「友達といっしょにいることができなくなったら、どうすればいいかな？」

「いっしょにいられない友達を大事にする方法を、考えればいいんじゃない？」

マキはこともなげに言ったが、若葉は首をひねった。

「それが進路になるかなあ？」

「進路は結果だよ。若葉ちゃんが一歩踏み出した先に、きっとある」

若葉を見つめるマキの瞳は濡《ぬ》れたように輝いていた。若葉は自分の内側からとんと押された気がして立ち上がる。パイプ椅子を元の位置に戻し、マキに言った。

「それじゃわたし、がんばってみる。何をどうすれば、いっしょにいられない友達を大事にできるのかわかんないけど、とにかく進んでみる」

「うん。困ったら、友達を頼ればいいよ」

「でも、その友達が――」

若葉が蒼衣の顔を思い浮かべて口ごもると、マキはいたずらっぽい微笑みを浮かべた。

「若葉ちゃんの仲良しは、一人だけじゃないでしょう？」

その言葉でようやく若葉は、小学生のときも大事な存在についてマキに相談したことがあったと思い出す。

「そっか。わたしの大事な仲良しは――」

若葉は独り言をのみこみ、マキに礼を言って駆けだした。

＊

のぼってきた坂道をくだりながら、若葉は携帯電話を取りだす。指を止め、白い息を吐いてしばし迷ったが、結局、電話をかけた。

コール音がほとんど鳴らぬうちに、その大事な仲良しは電話に出てくれる。

――どした、若葉？

理太郎の声は、若葉の耳から心にすとんと落ちて響いた。気まずい雰囲気のまま別れた先日のことなど、まったく覚えていないような、朗らかな声だった。

若葉は無意識のうちに背筋を伸ばし、早口で喋る。

「あのさ、わたしね、やりたいことがあるんだけど、どうやればいいのかわからないんだ。理太郎、話を聞いてくれる？　今から家に行っていい？」

――いいよ。待ってる。

あっさりとした返事には、余分な力が何もこもっていない。若葉は救われた思いで、

「じゃあね」と電話を切った。

理太郎と沙斗子の母子が住む二階建てのアパートは、江ノ電の線路沿いに建っている。七里ヶ浜駅のすぐ近くだ。

若葉が一〇三号室のインターホンを鳴らすと、すぐにドアがひらいた。玄関を入ってすぐに狭いキッチンとサニタリー、その奥に居間があって、五畳のロフトがついた八畳の洋室へとつづく。主に独身者用の物件だが、小橋家の母子は小さかった理太郎の背がぐんぐん伸びて嵩高《かさだか》くなっても、ここに住みつづけていた。

「お邪魔します」と若葉はローファーを脱いであがる。洋室に置かれたソファベッドの脇から大きなトランクが覗いていた。若葉はとっさに見ないふりをする。

荷物を置き、マフラーを取り、コートと制服のブレザーを脱いで腰をおろすなり、若葉は蒼衣と自分のあいだにあった出来事について喋りだす。話が遡《さかのぼ》りすぎても、時系列がおかしくなっても、関係ない話題が割り込んでも、理太郎は黙って耳を傾けてくれた。

「——だからまず蒼衣の夢を応援したい気持ちが、わたしにちゃんとあるってことを、蒼衣には知ってもらいたい」

「うん」

「でも、蒼衣と進路が別れて、わたしが不安になってるのも事実だから。実際に蒼衣を前にしたら、また態度がおかしくなったり、言葉が出てこなくなったりしそうで怖いの」

若葉の言葉が終わらぬうちに、理太郎はひょいと立ち上がってキッチンへ移動する。吊り戸棚や引き出しをあけて、調理器具と調味料をあれこれ取りだしはじめた。

「何やってんの、理太郎？」

「料理教室の準備だよ」

「料理教室？　懐かしいな」と若葉は頬をゆるめる。中学三年生のとき、夏休みから秋のはじめまでのごく短い間だったが、沙斗子のひらく料理教室に通ったことがあった。あのときも理太郎が誘ってくれたんだったと思い出す。

「懐かしいだろ？　ただし、今日は先生がいない。二人でおいしいものを作るんだ。おいしいものは、ときに言葉を飛び越えて人の心をほぐす。若葉もよく知ってるでしょ？」

理太郎はにこりと笑い、白い歯を覗かせた。

たしかに、若葉はよく知っている。理太郎とここまで仲良くなったきっかけも、彼が木の上の隠れ家に持って来たおいしいイタリアのおやつだった。沙斗子からレシピをもらって、あれから何度も家で作ったフリコの味が蘇り、若葉は思わず唾《つば》をのんだ。

そんな若葉の顔を覗き込み、理太郎が力強く言う。

「若葉の気持ちを全部伝えてくれるような料理を作ろう。それで、若葉の心も蒼衣ちゃんの心もほぐして、もう一度結びつける」

若葉は眉をひらいて理太郎を見返す。小学生の頃、おもしろい遊びや勝負を二人で楽しんでいたときの高揚感が戻ってきた。

「いいね。何を作る？」

「蒼衣ちゃんの好物がいいんじゃないか？　ここにある物には限りがあるから、何でも作れるってわけじゃないけど」

考えるまでもなく蒼衣の好物が浮かび、若葉は叫ぶ。

「ドーナツ！　イタリアにドーナツはある？」

理太郎は「ちょっと待ってな」と言い置き、大股で洋室へ行った。トランクをあけて、中から分厚い本を取りだすのが見える。理太郎はその場でしばらく本のページをめくっていたが、お目当ての物が見つかったらしい。本を小脇に抱えて満足げに戻ってきた。おいしそうなピザの写真が表紙になっている本だ。

「あったぞ、イタリアのドーナツ。ボンボローニだ」

理太郎が示してくれたページの写真は、ころんと丸い揚げパンが写っていた。粉砂糖がまぶしてある。穴はあいていないが、揚げドーナツの一種らしい。

「材料は――薄力粉、卵、ベーキングパウダー、牛乳、砂糖、それと、レモンの皮か」

「全部ある？」

「レモンはない。でも、オレンジがある。オレンジの皮で代用できるだろ」

理太郎は言いながら、冷蔵庫からオレンジを取りだした。丁寧に洗い、包丁を器用に使って皮を薄く剝《む》いていく。すべて剝きおわると、今度はまな板の上で勢いよく刻みだした。

辺りにふわっとオレンジの香りがたちのぼる。理太郎の背中には目でもついているのか、鼻をくんくんさせている若葉に指示が飛んできた。

「砂糖と薄力粉の量をはかって。それが終わったら、ボウルの中で砂糖と卵をまぜる。調味料と器具は、そこに全部出てるはず」

若葉が言われた通りにすると、今度はボウルの中に薄力粉を加えろと命じられる。若葉が先を見越して調理器具の中からふるいを取り上げると、理太郎は口笛を吹いて、「いいね」と笑った。

「そうだよな。若葉も食いしん坊で料理好きだもんな。全部教えなくてもわかるか」

自分に言い聞かせるようにつぶやく理太郎の言葉を聞いて、若葉は目をみはる。

「そっか。わたし、料理、好きだった」

薄力粉をふるいにかけながら、若葉は自分の体全体が揺れている気がした。気のせいではない。本当に震えている。ずっと模索してきた将来のとっかかりになりそうなものが、目の前で見つかり、若葉は興奮していた。料理は生活の中に溶けこみすぎて、受験や勉強という言葉に囚《とら》われた若葉の眼中から、すっかり隠れていたのだ。

――料理だ。料理があった。料理なら、たぶん学ぶのも苦じゃない。

でも、と若葉は隣でベーキングパウダーと牛乳の量をはかっている理太郎を盗み見る。今の若葉には、料理を仕事にする人といえば料理人しか浮かばない。身近なところで言えば、ピエトラ・ルナーレの岩永や沙斗子、そして今からそれを目指す理太郎のような人種だ。彼らと同じ仕事を自分がするイメージは、どうしても湧《わ》いてこなかった。

――料理人以外の、料理の仕事。きっと何かあるはず。ネットと本で調べてみよう。

具体的な次の一手がすんなり見えて、若葉は驚く。やりたいことや好きなことは何だと、いろいろな人がいろいろな言葉で聞いてきたのは、こういう道筋があることを示したかったからかと腑《ふ》に落ちた。

理太郎がよくこねた生地に様子を見ながら牛乳を加えていき、もったりしたところで油を張った深型フライパンを火にかける。若葉が適温を知らせると、理太郎がスプーンで丸く掬《すく》った生地を次々と揚げていった。

「一口サイズの方が食べやすくていいよな」

フライパンの油の中でころんと丸くなって浮かんできたものは、揚がりすぎないよう、若葉が手際よく引き上げる。油を切ったあと、粉砂糖をまぶした。

「すごい。大きさは違うけど、見た目はこの本の写真とほとんどいっしょだよ」

「ああ。中身もプロに負けない仕上がりだといいな」

理太郎がそう言って、熱々のボンボローニを一つ、フォークで刺して若葉に差し出す。

若葉は受けとると、火傷しないよう少しずつ齧った。

「この中に、カスタードやチョコクリームやジャムを入れるのがメジャーだったりもするんだけど、プレーンでも十分甘くておいしいし、日持ちするからいいかと思って」

「おひひひほ」

「何？」

若葉はのみこんでから、「おいしいよ」と言い直した。その感想を聞くと、理太郎は満足げに笑い、胸をそらす。

「そりゃ、よかった。じゃ、若葉はさっそく蒼衣ちゃんに連絡して、これを食べてもらいながら、自分の本当の気持ちを伝えてみな。きっとできるから」

若葉がうなずくのを確認すると、理太郎は用意した耐油紙《たいゆし》の角底袋に、ボンボローニをぽんぽん放り込み、「これにて、今日の料理教室はおしまい」と告げた。

若葉は袋を受け取り、あらためてキッチンを見回す。そしてようやく、刻みかけのタマネギやピーマンがシンクの隅に放置されていることに気づいた。

「理太郎——もしかして夕飯作りの途中だった？」

若葉の視線を辿《たど》り、理太郎は頭を掻く。

「ああ、まあ」

「やっぱり！　ごめん。ごめんなさい。お腹すいたよね」

「いいって。謝んな。どうせ炒飯《チャーハン》とサラダくらいしか作るつもりなかったから。若葉が帰ったら、さっと作ってさっと食べるよ」

「申しわけございません」

「謝るなって」

「じゃあ、ありがとう」

「じゃあ、は余計だ」

二人で笑い合い、若葉は「本当にありがとう。助かったよ」と言い直した。

玄関でローファーに勢いよく足を突っ込んで少しよろけ、若葉は理太郎に支えられる。間近でまともに二人の目が合う。あわてて離れようとする若葉の腕を掴んだまま、理太郎は言った。

「イタリアのことだけど。ちゃんと決まるまで若葉に言わなかったのは、決意が鈍《にぶ》っちゃいそうだったからだ」

若葉は黙って理太郎の顔を見つめる。理太郎はまぶしそうにまばたきしたが、目は逸《そ》らさずにつづけた。

「若葉に相談した時点で、自分が心細くなって、七里ヶ浜を離れたくなくなって、イタリアなんて行きたくなくなるの、わかってたから」

「何だそれ」と若葉は笑おうとしたが、肩が震えてしまう。

理太郎は笑わず、ふざけもせず、くりっとした目を大きくして真面目な顔でつぶやいた。

「大事な仲良しだから、言えないこともある」

若葉は「うん」とうなずいたあと、ゆっくり息を吸い込み、微笑んだ。

「いってらっしゃい、理太郎。イタリアでがんばって」

理太郎は顔をしかめ、「高校の卒業式までは、ここにいるし」とぶっきらぼうに言う。

「それに俺、帰ってくるために行くんだし」

「どういうこと？」

「ピエトラ・ルナーレを七里ヶ浜でずっとつづけていくだけの腕や自信をつけるために、俺はイタリアで修業してくんの。井の中の蛙《かわず》にならないように」

わっかんないかなあと理太郎は苛立《いらだ》ったように言って、頭を掻いた。

「じゃあ、イタリアから帰ってきたら、理太郎はずっと七里ヶ浜にいるんだね？　お店に行けばいつでも、理太郎の作るおいしいものが食べられるんだね？」

若葉が目を輝かせると、理太郎も負けないくらい嬉しそうな顔をして「そういうこと」と親指を突き出した。

「食いしん坊大歓迎。七里ヶ浜で待っててやるよ」

＊

翌土曜日の朝、若葉は七里ヶ浜海岸にいた。女子バレー部のロゴとマークが背中に入った防風防寒仕様のナイロンジャージを着て、手袋とマフラーもしているのに、冷たい海風がどこからともなく肌を刺し、「寒いよぉ」と独り言が漏れてしまう。

海岸沿いの駐車場には、隔週の週末にひらかれるフリーマーケットの準備をする人達が集まりはじめていた。

太陽の射す方向から近づいてくる人物の顔はまぶしくて特定できなかったが、まっすぐ自分に向かってきてくれる足取りと海風に揺れるショートカットの毛先で、蒼衣だと知る。

「おはよう、若葉」

「おはよう、蒼衣」

すぐ目の前まで来ると、蒼衣自身の体が太陽を遮り、顔がよく見えた。ほぼ一週間会わなかったあいだに、エキゾチックな顔立ちの陰影が深まった気がする。

「少し痩せた?」

「三キロ落ちて、すでに一キロ戻った」

そう言って、蒼衣はハスキーな笑い声をたてた。若葉は自分と同じジャージを着た蒼衣の姿をあらためて眺める。

「体調は、本当にもうだいじょうぶなの?」

「もちろん。早く動きたくて仕方なかったよ」

その言葉が事実であることを示すように、蒼衣は腕を前後に振ってみせた。

理太郎といっしょにボンボローニを作った帰り道、若葉は蒼衣に電話した。

体調が戻ったら、二人でなぎさマラソンのリベンジをしないかと若葉が持ちかけたところ、蒼衣はとても喜んでくれた。

──体調はもう万全だよ。風邪は完治。体力も戻ってる。明日やろう。走ろう、二人で。

蒼衣の今日の顔色や声の張りからして、その言葉は嘘ではなさそうだと、若葉はほっとする。斜めがけしたウエストポーチの位置を直しながら、砂を踏みしめ、走りやすい位置まで移動した。

「じゃ、行くよ。よーい、ドン」

「よーい、ドンって。幼稚園の運動会じゃないんだから」

ぼやきながらも、蒼衣は笑って走りだす。若葉は隣に並んで、同じリズムで腕を振った。空ではトンビが鳴き、海にはヨットとサーフィンが浮かんでいる。そして海岸道路のほうを向けば、高校の校舎が朝の日差しに輝いていた。

「蒼衣がいたから、高校生活が三倍楽しくなった」

若葉が白い息を吐いて言うと、蒼衣がすぐに言い返す。

「私は若葉といられて、四倍楽しかったよ」

「じゃ、わたしは五倍」

「六倍」

「七」「八」「九」ときて、蒼衣が「きりがない」と笑った。

若葉も笑った。

あとは黙って、互いの足音と息づかいだけを聞いて走る。折り返してふたたび学校の目の前に広がる砂浜まで戻ってくると、若葉はすぐには止まらず、その場で足踏みしながら息を弾ませた。

「できたね、なぎさマラソン」

「うん。最後に、若葉と走れてよかった」

蒼衣はそう言って笑ってくれた。若葉は誘ってよかったと胸を撫でおろし、サーファーやフリーマーケットの参加者で混雑してきた砂浜や駐車場を避けて、高校の敷地内に入る。

土曜日早朝の学校は、まだ眠っているように静かだった。正門を入ってすぐの陽《ひ》だまりで、ジョンが丸くなって寝ていた。二人の足音に反応し、頭を上げたジョンに挨拶してから、若葉は海をのぞむ大階段に蒼衣と並んで座る。

「ちょっと待ってて」と若葉は一人で自販機まで走り、自分にイチゴ牛乳、蒼衣にオレンジジュースを買って戻った。そして背負っていたウエストポーチから角底袋を取りだし、オレンジジュース共々蒼衣に差し出す。

「これ、マラソンのご褒美」

「オレンジジュースと――何？　まさか」

蒼衣はもどかしげに袋をあけ、中から丸い揚げドーナツを取りだした。

「やった！　ドーナッツだ」

「イタリアのドーナッツだよ。ボンボローニっていうんだ」

「もしかして、若葉の手作り？」

「うん。仲良しにたくさん手伝ってもらったけど」

「嬉しい！　ありがとう」

一口で食べたあと、蒼衣は口を手でおさえてふふっと笑う。

「おいしすぎて、笑っちゃう」

「蒼衣、ドーナッツ好きだもんね」

「若葉も好きでしょ？」

蒼衣は袋からさらにボンボローニを二つ取りだす。一つを、若葉に手渡した。

「いっしょに食べよう」

トンビが飛び交う海を眺め、口をもぐもぐ動かしながら、若葉は心の中で理太郎に礼を言う。ピエトラ・ルナーレの厨房で忙しく立ち働く理太郎の未来がはっきり浮かぶ。おいしさで人の心を動かせる理太郎は、きっといい料理人になる。そう確信できた。

ボンボローニのおいしさがくれた勇気を胸に、若葉は口をひらく。

「志望校、変えることにしたよ」

ボンボローニをさらに食べようとしていた蒼衣の手が止まった。若葉はつづける。

「わたし、生まれてはじめて自分自身のことを考えたし、向き合えたと思う」

若葉は料理について専門的に勉強したくなったと打ち明け、ほぼ徹夜で調べあげた進学の候補先のメモを見せた。そこには大学に加え、専門学校の名前も並んでいた。蒼衣は少し驚いたように眉を上げたあと、「料理人になるってこと?」と聞いてくる。

昨日までの自分を見ているようだと、若葉は微笑み、首を横に振った。

「わたしも料理って〝作る〟しかないと思ってた。でも調べたら、おいしい料理が誰かを幸せにするまでのあいだには、他のアプローチもある。わたしが勉強したいのはそこだなって」

若葉はメモを指さす。

「ここに書きだした大学や専門学校は全部、管理栄養学の勉強ができるところなの。就きたい仕事については、まだ漠然としたイメージしかないんだけど——まずは管理栄養士の国家試験に通ることを目標に、勉強していこうと思ってる」

「栄養の勉強か。たしかに、栄養は大事だよね。運動する体、成長する体、ダイエットする体、病気の体、赤ちゃんを育てる体、そのときどきの体においしい栄養を与えてもらえたら——うん、すごく幸せかも」

キャプテンの頭はいつも明晰《めいせき》で、言葉は前向きだ。若葉がぼんやりとこねていた将来像に、蒼衣が輪郭をつけてくれた気がする。友達ってありがたいと、若葉は顔を輝かせた。

「おいしい栄養——そう。それだよ。そういうこと！」

ナアと声が聞こえて振り仰げば、ジョンが大階段の一番上に立ち、二人を見下ろしていた。オッドアイの目が細くなっている。

「猫が、ウチらのこと見下ろしてるね」

「見下ろしてるっていうか、見下《みくだ》してるね、完全に」

若葉が舌打ちすると、蒼衣が笑ってボンボローニを口に放り込んだ。

「仕方ないよ。ウチら志望校が決まっただけで、まるで合格したみたいなテンションだもん。受験本番は今からだっていうのに」

「油断すんなよって、猫に言われてるわけね。なるほど」

腕を組んで納得する若葉に、蒼衣はまた笑った。そのハスキーな笑い声を聞きながら、若葉は今朝の海や蒼衣と交わした言葉やボンボローニの味を忘れずにいようと誓う。そうすれば、進む道が分かれても、住む町が変わっても、蒼衣とずっと近い友達でいられるはずだ。

若葉は視線を遠くに飛ばし、心の中で今ここにいないマキに話しかける。

——いっしょにいられない友達を大事にする方法、見つけられた気がするよ。

朝日にかがやく海の真上に、白い月がうっすら見えていた。

梢　26歳
若葉　24歳

第五章　愛をありったけ

幹彦が仕事上がりに、近所の美容室で白髪染めをしてもらってから帰ると、家には煌々《こうこう》と電気が点《つ》き、夕飯ができていた。姉妹とも社会人となり、都内で働くようになってからは、地元勤務の幹彦の帰りがたいてい一番早い。日の入りがぐっと早まり、海からの風も冷たくなってきた十一月、薄ら寒くしんとした家の電気を点けてまわる侘《わび》しさが堪《こた》えていた幹彦は、思わず歓声をあげた。

「やった。誰かが待ってる家に帰れた！　作ってもらったごはんを食べられる！」

「何それ」とキッチンから顔を覗《のぞ》かせたのは、梢だ。首元の伸びたビッグサイズのスウェットにくたくたのレギンスという服装と、コンタクトではなく眼鏡《めがね》をかけたすっぴんの顔を見て、幹彦は首をかしげた。

「今日は一日家にいたのか。1・5ナントカって舞台のオーディションに受かったんだろ。稽古《けいこ》は？」

「2・5次元ね。稽古は明後日《あさって》から。今日と明日は、奇跡的にバイトも稽古も休み――って、私のスケジュールは全部カレンダーに書き込んであるから、ちゃんと見といて」

「へいへーい」

幹彦の軽い返事に、梢は顔幅より大きな丸眼鏡を押し上げ、くるりと背を向けた。保温ランプの点いた炊飯器から、ごはんをよそいはじめる。幹彦は急いでうがい手洗いを済ませると、ダイニングテーブルに二人分のランチョンマットと箸《はし》と箸置き、湯呑《ゆの》みを用意した。ここ数ヶ月、仕事が忙しいとかで、若葉の帰宅は日付が変わるぎりぎりになることが多い。夕飯を食べない日も多々あるため、待たないことにしている。

梢が作ってくれた夕飯は、生姜《しょうが》焼きとポテトサラダに豆腐とわかめの味噌汁《みそしる》だった。幹彦のレパートリーとかぶっている品も多いが、それでも娘が作ってくれた夕飯はおいしい。

「生姜焼き、お肉がかたくなっちゃったね」

「嚙《か》みごたえがあっていいよ」

「お味噌汁、ちょっとしょっぱいかな」

「そんなことないだろ」

「ポテトサラダ――」

「うまいよ。すごくうまい」

食べながら反省の止まらない梢の言葉を遮り、幹彦はポテトサラダをもりもりと口に押し込んだ。そんな父親の顔を見て、梢はふと息をつく。

「若葉がお嫁にいっちゃったら、毎日、私かお父さんの作るごはんしか出てこないわけでしょ。三雲家の食卓、ちょっとした危機だよね」

幹彦は思わず息をのむ。その拍子にポテトサラダが気管に入り、盛大にむせた。

「お父さん？　だいじょうぶ？」

梢が走り寄って背中をさすってくれる。幹彦は手をあげて無事を伝え、目尻に浮かんだ涙を指でぬぐった。

「ちょっと気管に入っただけだ。もうだいじょうぶ」

「――気をつけてよね」

梢は両腕を腰にあてて、ものものしく言い渡す。幹彦が視線を合わせず曖昧《あいまい》に返事をして、ふたたび茶碗《ちゃわん》を取り上げると、「お父さん」と声がかかった。

目を上げると、梢が丸眼鏡のレンズを光らせて、まっすぐこちらを見ている。

「何かあった？」

「やっ、べつに何も」

「ごまかしても無駄。若葉がどうかしたの？」

梢はずばりと切り込み、幹彦が答える前に「やっぱりね」としたり顔でうなずいた。

「お父さん、全部顔に出てる。バレバレなんだよ」

幹彦はがっくりうなだれる。実は、美容室へ行く前に寄ったベーカリー・ジェーンのオーナー梨果にも同じことを言われて「一体何があったんです？」と心配されたのだ。

――お姉ちゃんには言わないでね。

幹彦が若葉からそう頼まれたのは、一週間前のことだ。口はとじられても、顔は隠せない。万事休すと、幹彦は天井を仰いだ。

思い返せば、小学生の頃から若葉はたびたび幹彦に姉への口止めを強《し》いてきた。一番記憶に新しい口止めは、高三の進路変更前だ。あのときは志望した大学の現役合格という帳《ちょう》尻《じり》合わせができて事なきを得たが、今回はそうもいかないだろう。

幹彦が観念して口をひらこうとしたそのとき、窓をしめきっているにもかかわらず、猫の鳴き声が聞こえてきた。つんざくような叫び声だ。梢の視線が幹彦から窓に逸《そ》れる。

「何だ？　猫の痴話《ちわ》喧嘩《げんか》か？」

幹彦ののんきな物言いに苦い顔をして、梢は立ち上がる。

「お父さんって本当、気楽でいいよね。私、ちょっと見てくる。猫同士の喧嘩ならいいけど、人間からの虐待だったら困るもの」

「おい」

幹彦が腰を浮かす前に、梢はフリースコートを羽織って飛びだしていった。幹彦は懐中電灯とダウンベストを手に取り、ぼやく。

「気楽なのはどっちだよ。猫を虐待するやつが、人間にも見境なく暴力をふるってくるかもって、どうして考えない？」

梢を追いかけて玄関を出る前に、幹彦は携帯電話からメッセージを若葉に送っておいた。

――本日、なるはやで帰宅されたし。例の件、梢が勘づいた。

二時間後、食卓を挟んで姉と妹が睨《にら》み合っていた。

その重苦しい空気に耐えかねて、幹彦は席を立ち、リビングの窓まで歩いていく。夜はとっぷり更《ふ》けて、外の住宅街からは物音一つ聞こえてこない。

幹彦は姉妹のほうを振り返ることができないまま、傍《かたわ》らにあるチェストの上に目をやった。亡き妻、千咲《ちえみ》の小さな骨壺《こつつぼ》とおりんと一輪挿《ざ》しが並んでいる。

――こういうとき、千咲ならうまくやれる？　やれるか。君は人の話を聞くのが、上手だったもんなあ。

若くして逝《い》ってしまった妻に、胸の中で話しかけた。瞼《まぶた》の裏に浮かぶ千咲はいつも愛くるしい笑顔だ。闘病末期には苦しんでいる姿もたくさん見たはずなのに、あまり思い出せない。そして笑顔にもいつのまにか紗《しゃ》がかかるようになっていた。

──俺はダメだよ。全然うまくやれないわ。あの子らは、周りの人に育ててもらったようなもんだ。

室温が二度くらい低くなった気がして、幹彦はぶるりと身を震わせた。よし、と声には出さず気合いを入れると、キッチンで自分と姉妹のコーヒーをいれ、ダイニングテーブルへと戻る。コーヒーカップを各自の前に置きながら、笑顔で若葉に話しかけた。

「実はさっきさ、猫の喧嘩を仲裁してきたんだよ。なっ、梢？　木枯らしの中、猫達が果たし合いみたいに睨み合ってて、迫力あったよなあ」

若葉も梢も反応しない。空気のように無視されて、幹彦はがくりと肩を落とす。

「あのさあ」

梢が大きな丸眼鏡を押し上げ、身を乗り出した。レンズの奥の瞳が、静かな怒りで燃えている。幹彦が首をすくめて謝る前に、梢の視線は、幹彦の隣に座る若葉《や》に向けられた。

「四ヶ月前になって、互いの家族に何の相談もなく勝手に結婚を取り止めるって、どういうこと？」

「違う。まだ五ヶ月前」

若葉が冷静に訂正する。梢ははっきりとわかる舌打ちをした。

「四ヶ月も五ヶ月も違わないでしょ」

「違うね。五ヶ月前だったから、まだ結納《ゆいのう》もしてないし、招待状も出してないし、披露宴《ひろうえん》の料理も決めてないし、式場のキャンセル料金も――」

むきになって言い募《つの》る若葉を、梢が「そういう問題じゃない」とぴしゃりと制する。

「どうして今になって結婚をやめるのか、私とお父さんにちゃんと説明して」

若葉はうつむいたままじっと動かずにいたが、口を挟もうとした幹彦に「私は若葉に聞いてるの」と梢が睨みをきかせると、しぶしぶといった調子で言った。

「チャンスが降ってきたから」

一言漏らしたことで自分も肩の荷がおりたのか、若葉は床に放りだしていたバッグの中から、英語とイタリア語の会話集を取りだす。

「イタリアに行けるかもしれないの」

「理太郎くんのところに？」

幹彦と梢の声が揃《そろ》ってしまうと、若葉はむっとして腕を組んだ。

「何でそうなんの？　違うよ。去年、イタリアセリエAのチームに移籍した江藤真琴《えとうまこと》ってバレーボール選手のプロジェクトチームに、管理栄養士が加わる話があって――」

聞き慣れない単語を次々と発する若葉を、幹彦はぼんやり眺めてしまう。見たことのない顔をした次女が、そこにいた。

高校生の若葉が最終的に選んだ進学先は、東京にある女子大学の家政学部食物学科管理栄養士専攻だった。家から徒歩圏内の高校に通い、ほとんど七里ヶ浜から出ない生活を送っていた若葉だが、いざ江ノ電とJRを乗り継いで東京の真ん中まで通うことになったら、それはそれで楽しかったらしい。大学という新しい世界でいろいろな刺激を受けたことは、服装やメイクなどの外見が垢抜《あかぬ》けるという、わかりやすい変化で見て取れた。垢抜けつづけるにはお金が必要だったようで、大学で入ったバレーボールサークルにはすぐ顔を出さなくなり、代わりに「勉強を兼ねて」という大義名分で飲食店でのアルバイトに励んだ。大学が長期休暇に入ると、一人息子の理太郎という心強い助っ人を欠いたシェフ、沙斗子のために、ピエトラ・ルナーレでホールと厨房《ちゅうぼう》を兼任していた。

大学卒業後は管理栄養士の国家試験に一発合格し、都内にある有名化粧品メーカーの社員食堂で管理栄養士として勤めだした。調理も担当させられ、体力的にきつそうな職場だったが、社食を利用するそのメーカーの男性社員に見初《みそ》められ、付き合いだし、公私共に充実していったようだ。転勤のある彼にはなるべく早く結婚したいという希望があり、若葉も特に異存はなかったから、二人の間で結婚に向けた具体的なスケジュールが次々と切られていったらしい。

先の春、社会人二年目を迎えた若葉に「結婚を考えている人がいて」と食卓で打ち明けられたとき、幹彦は「あ、そうなんだ」とあっさり受け入れ、姉妹を脱力させた。実際、幹彦の心に衝撃や寂しさはなく、むしろ納得に近い安堵《あんど》を覚えたのだ。幼い頃から身の丈をはみ出さず、小さな半径の中で濃密な交流を育むタイプだった若葉は、妻の千咲と同じく早婚の道を歩く予感があった。いや、歩いてほしいと願っていただけかもしれないと、隣でよそよそしい顔をしている若葉を見て、幹彦は思い直す。

梢も戸惑った声をあげた。

「江藤真琴って、高校生の頃から全日本に招集されていたアタッカーだよね？　私でも知ってるくらい有名なスーパールーキーと、若葉は一体どうやって知り合ったの？」

「蒼衣って覚えてる？　高校のとき、バレー部のキャプテンだった――」

「覚えてる。一度、家で夕食をいっしょに食べた蒼衣ちゃんだよな」

梢より先に、幹彦が口を挟んだ。梢がつづきを引き取る。

「京都の大学に行って、今は太秦《うずまさ》の撮影所で働いてるんじゃなかったっけ？」

「そう。その蒼衣が大学生の頃、江藤選手の家庭教師をしてたの。自分と同じ競技をしていた蒼衣に、江藤選手はだいぶ懐《なつ》いてたみたい」

家庭教師と教え子の関係でなくなったあとも二人の交流は細々とつづき、江藤選手がイタリアのセリエAに挑戦する道を選んだとき、蒼衣は自分の親友の顔を思い出したという。

「〝高校のバレー部の仲間で、今は管理栄養士をやってる子がいる。アスリートのためにおいしい栄養を作りたいって夢を持ってる子だから、食の面から真琴ちゃんの力になれると思う〟ってわたしを推薦してくれたんだ」

江藤選手は蒼衣の言葉を忘れなかった。次のオリンピックのスタープレイヤー候補としてスポンサーが付き、プロジェクトチームが作られることになったとき、管理栄養士を加えてほしいと自分から頼んだ。

「経験も実績も乏しいわたしが、候補者リストに加えてもらえたのは、蒼衣のおかげ」

そう言って、若葉はしみじみ「ありがたいよね、友達って」とつぶやいた。

ふだんはあまり積極性を持たない若葉だが、今回ばかりは親友の気持ちに報いたいと奮起した。化粧品メーカーの社員食堂の仕事のあと、大勢の候補者達と共に講義と実習の日々を過ごしている。幹彦や梢が〝残業〟と思っていたのは、この時間だったらしい。

「で、ついにプロジェクトチーム入りが決まったわけか」

前のめりになった幹彦をなだめるように、若葉は肩をすくめてコーヒーをのむ。

「まだだよ。選考を兼ねた研修は今もつづいてる。栄養士としての技能はもちろん、経験や人間性、語学力、作るメニューと江藤選手との相性、そういうのを全部ひっくるめて、年内には最終決定がおりるみたい」

「あと一ヶ月はかかるってことか。それなら、まだ――」

梢が何か言いかけて言葉をのみこむ。若葉はその言葉を読んだように、微笑《ほほえ》んだ。

「結婚って一人じゃできないじゃん？　相手の人生もあることだから、早めに決断しとかないと」

「仕事と結婚の両立は無理だったのか？」

幹彦は未練たらしく聞こえないよう注意しながら尋ねる。若葉はコーヒーカップの底を覗き、淡々と語った。

「無理だって、相手に言われたの。〝結婚相手は、生活のために仕事をする女性がいい。夢のために仕事をしている女性とは、添い遂げられないと思う〟って」

梢と幹彦は思わず顔を見合わせる。幹彦は正直、若葉は前者だとばかり思っていた。学生時代から演劇を生活の中心に据えて、最近ようやく劇場の大小やジャンルを問わずいろいろな舞台にコンスタントに立てるようになってきたものの、いまだ「仕事です」と胸を張れるだけの収入が保てない梢には、また別の刺さり方をしたらしい。眼鏡の奥の目を三角にして、憤慨した。

「カノジョが夢に向かって進もうとしたら、あっさりバイバイ？　そんなのって――」

「彼は誠実だよ。夫婦になるならお互い家族のことを一番に考えようねって、最初から話してたもん。彼は悪くない。不誠実だったのは、わたし。仕事のことも恋愛のことも、〝運命〟や〝縁〟って言葉をいいように使って、どこか適当に考えてた」

「分かれ道の前でなく、どちらかの道を選んで歩きだしたあとに、やっと自分が本当に進みたい道を知るんだよな、若葉は」

幹彦はうなずいた。父である自分が振りまわされた回数も、姉妹で比べると圧倒的に若葉が多い。「でもさあ」と幹彦は言ってやる。

「それが若葉の誠実さなんじゃない？　本当に適当な人間なら、そこから分かれ道まで引き返すの、面倒臭くて嫌だもん」

「そうだね。若葉は不誠実ではないと、私も思う。いつも少し、考えが足りないだけ」

梢も丸眼鏡を押し上げ、真面目《まじめ》くさった顔で同意した。若葉が目をみひらく。

「要は、バカってこと？」

「あ、いや、そうは言ってない」

あたふたする梢に、若葉は吹き出し、鷹揚《おうよう》にうなずいた。

「冗談だよ。ありがとう、お父さん、お姉ちゃん。本当は確定してから報告したかったんだけど、まあ、それじゃさすがに遅すぎるし、今日言えてよかった」

若葉は安堵の息を吐いてつづける。

「逃げなくてよかった。マキちゃんが励ましてくれたおかげだな」

まきちゃん？　と動きが止まる幹彦の横で、梢が顔を輝かせた。

「うわ、懐かしい名前。若葉、会ったの？」

「うん。ついさっき、行合橋《ゆきあいばし》のたもとで。わたしも何年ぶりだったかなあ。ずいぶん落ち着いてたよ、マキちゃん」

さっきまでの重苦しさはどこへやら、手を取り合わんばかりにはしゃいでいる姉妹を見て、幹彦は取り残された気分になる。

「何？　何？　二人の知り合いに、マキちゃんって子がいるわけ？　どこの子？」

無理やり話に割り込んだ幹彦に、梢と若葉の視線が注《そそ》がれた。

「あれ？　お父さん、マキちゃんと会ったことなかったっけ？」

「ないよ」

「そっか。マキちゃんはね、七里ヶ浜ではじめてできた友達だよ」

梢が嬉《うれ》しそうに言う。若葉も「二人とも、まだ保育園のときだったよね」とうなずいた。

「ああ、保育園の友達か」

「や、それが違うんだ。いつも町中でばったり会っては、ちょっと喋《しゃべ》って——みたいなつながりで」

「じゃ、七里ヶ浜の顔見知りって感じ？」

幹彦の言葉は独り言のように宙ぶらりんとなり、姉妹はふたたび顔を突き合わせ、「今日も相棒といっしょだった？」「もちろん」と二人だけの会話をつづける。若葉の結婚取り止めについての話題は、どうやら完全に終わったようだ。

幹彦はあくびしながら立ち上がった。

「じゃ、俺はそろそろ寝るわ。コーヒーがまだ残ってるから、おかわりはご自由に」

顔のあまり似ていない姉妹が「おやすみ」と声を揃える。綺麗《きれい》なユニゾンになっていた。

＊

それから、一ヶ月がゆるやかに過ぎていった。娘の結婚という大きな行事がなくなったことで、幹彦は少なからず気がぬけたらしい。例年だと、年末を控えて慌ただしく感じる季節なのに、年賀状や大掃除など新年を迎える準備がいまだ手つかずのままだった。

ベーカリー・ジェーンで他の客がいなくなるのを待って、幹彦はレジカウンターに進む。トングを受け取った梨果がぱっと微笑んだ。

「あ、三雲さん。ちょうどよかった」

レジカウンターの下に屈《かが》み込み、ごそごそと何か取りだしてくる。差し出されたのは、透明なセロファンで綺麗にラッピングされた小菓子だった。

「チョコレートでコーティングした手作りラスク。クリスマス限定商品の試作なんです。食べて、忌憚《きたん》のないご意見を聞かせてくださいな」

「ええっ、貰《もら》っちゃっていいの？」

「どうぞ。ただし梢ちゃんと若葉ちゃんにも分けてあげてくださいよ。若い女性のご意見も聞きたいんだから」

「了解、了解っと」

幹彦はうなずき、本当は店に入ってすぐ梨果にしたかった報告を、やっと口にできた。

「あ、でも、今夜は若葉の帰宅が遅いかもなあ。職場の皆さんに送別会兼壮行会をひらいてもらってるみたいだから」

「あら。若葉ちゃんのイタリア行き、ついに決まったの？」

梨果は敏感に、幹彦が垂れ流す誇らしさに気づいてくれる。幹彦はそうなんだよ、と勢い込んだ。

「高校まで七里ヶ浜から出ようとしなかったやつが、春にはイタリア在住ですよ。飛びすぎでしょ」

「かわいい子には旅をさせよ、ですよ。だいじょうぶ。若葉ちゃんなら、立派に江藤選手のサポートができますって」

幹彦が若葉の前で押し隠す不安や心配をすべて見通したように、梨果は励ましてくれた。

玄関ドアの解錠音が聞こえた気がして、幹彦はソファの上で目をひらく。首をまわし、霞《かす》む目を細めたりみひらいたりして、壁掛け時計を睨む。ぼんやり焦点が合ってくると、短針が一の数字を指しているのがわかった。

大ぶりの花束を抱えて居間に入ってきたのは、若葉だ。「やだ。電気も暖房も点けっぱなしじゃん」とひとりごちながら、花束をダイニングテーブルの上に置き、コートを脱いで椅子にかける。そのままキッチンに向かおうとして、やっと人の気配を感じたらしい。

おそるおそる振り返り、ソファから身を起こした幹彦と目が合うと、若葉は大きく息を吐いた。

「びっくりしたあ。お父さん、ソファで寝落ち？」

「いや、寝ちゃってたんだ。寝たいなんて思ってなかったのに、気づいたら――」

「そういうのを、寝落ちって言うんだって。ま、いいや。お父さんでよかった。オバケかと思って、焦っちゃった」

話しながら、若葉の視線はダイニングテーブルの端に置かれたベーカリー・ジェーンのビニール袋に注がれる。

「マフィン買ってきてくれたの？」

「ああ。十二月の限定マフィン、お味はストロベリーショコラだってよ。うまそうだろ」

「うん。ストロベリーショコラって言葉の破壊力が強すぎるわ」

若葉は目を輝かせて、袋をあける。そしてマフィンではなく、ラッピングされたラスクを取りだした。

「何このラスク？　おまけ？」

「そっちは、クリスマス限定商品の試作。梢と若葉に味の感想を聞かせてほしいって」

「おいしそう。お姉ちゃんはまだ食べてないの？」

若葉は尋ねながらキッチンへ行く。冷蔵庫からミネラルウォーターを取り、ボトルに直接口をつけてのんだ。その背中に向かって、幹彦は打ち明けずにはいられない。

「まだ、だ。まだ帰ってこないんだ、梢が」

若葉の喉《のど》が締まったのか、くぴっとかわいい音がした。ボトルを持ったままゆっくり振り返り、若葉は怪訝《けげん》そうに眉《まゆ》をひそめる。

「お姉ちゃん、今日はアルバイト？　稽古？」

「どっちも。夕方までバイトして、そこから稽古だったはずだけど――」

幹彦の返事を最後まで聞かずに、若葉は携帯電話を取りだす。梢が電話に出ないことを確認すると、すぐにメッセージを送ったようだ。

「あ、既読ついた」

「さっきから既読はすぐにつくんだよ。でも返信が――」

「〝心配しないで。そのうち帰ります〟」

幹彦は、梢が読み上げた文章とまるきり同じ返信が、判で押したように並ぶ自分の携帯電話の画面を見せた。

「こんな返事をされたら――」

「心配しないほうが、おかしいよね」

若葉が眉をひそめたままうなずいてくれたので、幹彦は少し気持ちが軽くなる。

「だろ？　梢、ここ一週間くらい風邪《かぜ》気味で食欲もなかったし、どっかで倒れてんじゃないかなって」

早口になる幹彦を手で制し、若葉はもう一口ミネラルウォーターをのんだ。照明の下でよく見ると、頬骨のあたりがうっすら赤らんでいる。今日の会の主役として、あまり得意ではない酒にも付き合ってきたのだろうと思い当たり、幹彦は明るい声色《こわいろ》を作って尋ねた。

「送別会兼壮行会はどうだった？　みんな泣いて送り出してくれただろう？　三雲さんのように優秀な人材が減るのは忍びない、って――」

「ちょっとお父さん、黙っててくれる？」

若葉はひとさし指を口の前で立てて、どこかに電話をしている。梢の演劇仲間を当たるつもりだろうか？　いくらなんでも、こんな深夜の電話は迷惑じゃないのかと、幹彦がはらはらしているあいだに、相手は電話口に出たらしい。

「遅くにごめんなさい。三雲若葉です。今ちょっといいですか？　お仕事中ならメッセージに切り替えますけど」とはじまった電話は、本当にちょっとで終わった。

若葉が携帯電話を切るのを待って、幹彦は身を乗り出す。若葉は静かに首を横に振った。

「お姉ちゃんからの連絡はないって」

幹彦の心臓がきゅっと縮まる。若葉が不安げに自分を見ていることに気づいたので、幹彦は腹に力をこめて不吉な想像を蹴散《けち》らし、あえて明るい声で話題を変えた。

「梢の仲間は、こんな時間までバイトしてんのか。演劇ってやっぱり、情熱がなきゃつづけられな――」

「木崎さんはバイトじゃないよ。正社員。テレビ局に就職して、最近ディレクターになったはず。たしか。演劇のほうは、就職と同時に辞めたって」

「あ、そうなの？　劇団ＯＢか。辞めたあとも交流がつづいてるんだ？」

「交流っていうか」

若葉が言葉を切って、少し困った顔で幹彦を見つめてくる。

「非常事態だから、わたしが言っちゃうけど。木崎さんはお姉ちゃんの恋人だよ」

ふあ、と変な音がする。幹彦はそれが自分の口から出た、声とも吐息ともつかない音だと、しばらくして気づいた。

若葉がラスクのラッピングをあけながら、呆《あき》れたように言う。

「二十六歳の娘に恋人がいたことに、そこまで驚く？」

「だって、梢だぞ。若葉だったらわかるよ。だろうな、で終わりさ。でも梢は――」

中学、高校、大学、そして大学卒業後現在に至るまで、梢には浮いた話が一切なかった。実際どうだったのかは知らない。少なくとも、幹彦の目や耳に触れることはなかった。友達と遊ぶより一人で本を読んでいる時間の多い梢を心配しつつも、幹彦はどこか「それでいい」と思っていた気がする。年相応に交友関係を広げ、秘密を持ち、どんどん大人っぽくなっていく若葉が同じ屋根の下にいるからこそ、背が伸びたくらいで、雰囲気も休日の過ごし方も幼い頃とほとんど変わらない梢に、むしろ安心していた。

ぼりぼりと音が聞こえて、幹彦は我に返る。若葉が憮然《ぶぜん》とした顔で、ラスクを立ち食いしていた。

「おい。独り占めすんな」

「お腹空《なかす》いちゃったんだもん。お父さんとお姉ちゃんの分は残しとくから」

若葉はダイニングテーブルの上にこぼれたラスクの屑《くず》を手で集めて捨てると、一度脱いだコートをふたたび羽織った。

「じゃ、探しにいこっか。六歳の女の子ならともかく、二十六歳の成人女性ですからね。帰宅が朝になったくらいじゃ、警察は動いてくれない。家族の出番だよ」

「どこを探すつもりだ？」という幹彦の問いに、若葉は呆れた顔で振り返る。

「どこって――七里ヶ浜に決まってんじゃん」

「稽古場は都内だぞ。七里ヶ浜まで帰ってきてるか？」

「悩み事や考え事で頭がぱんぱんになっちゃったとき、わたしは海が見たくなる。朝、昼、晩問わず、海を見て、波の音を聞きたくなる。海の町で育った子どもは、みんなそうじゃないのかな」

たれ目の奥に凛《りん》とした光を宿した若葉の言葉には、妙な説得力があった。

「よし、行こう」

幹彦は懐中電灯が点くことをたしかめると、若葉より先にドアをあけた。

冬の夜の海は黒い。黒すぎて、空との境目がわからない。幹彦が顔を上げると、空に残った雲が指で擦《こす》ったように横に伸びていた。

師走《しわす》の風が海面を滑り、まともに顔にぶつかってくる。幹彦は思わず首をすくめ、坂をおりてくる間ずっと我慢していた言葉を吐いてしまった。

「寒い！」

横に並んだ若葉も両手両足を突っ張って同じ言葉を吐いたが、こちらは家を出てから軽く百回くらいは叫んでいるので、どれだけつらいのか、今ひとつ伝わってこない。

「なあ。さすがに外にはいないよな？」

「凍死しちゃうもんね。でも、じゃあ、どこにいるんだろ？　お姉ちゃんの地元の仲良しって、木崎さんか八木さんくらいだし、二人とも今の住まいは東京だし」

そこで言葉を区切ると、若葉は突然海に向かって両手を合わせ、声を張りあげた。

「お母さーん。お姉ちゃんに会わせてー」

「いきなり何？　どうした？」

戸惑う幹彦をけろりと見上げ、若葉は「困ったときの母頼み」と澄ましている。幹彦は呆れてつぶやいた。

「お母さんは神様じゃないぞ」

「かもね。でも、わたしからすれば、神様もお母さんも同じくらい遠い場所にいる」

そう言って、若葉はまた手を合わせた。そんなに遠いのか、と少々せつなくなりつつ、幹彦も並んで手を合わせる。つぶった瞼の裏に千咲の笑顔が咲いた。

――梢はだいじょうぶ、だよな？

幹彦はこわごわ尋ねながら、ふと顔を上げる。記憶の底でちらりと動いた影があった。

「スマイリーフェイス」

言葉がこぼれ落ちると同時に、影になっていた記憶に光が当たる。スマイリーフェイスのキーホルダー。その先には二つの鍵《かぎ》がついている。一つは家の鍵。もう一つは――サーフショップ〈リバティ〉の鍵。

七里ヶ浜で新しい生活がはじまった日、他ならぬ自分が二つの鍵のついたキーホルダーを幼い梢に渡したのだ。これから妹の分まで責任を負わねばならない局面が多々ありそうな「お姉ちゃん」に、お守りを与えるつもりで。

――何か困ったら、いつでも来なよ。パパはそこにいるから。

幹彦の調子のいい言葉を、幼い梢は生真面目《きまじめ》な顔で聞いていた。妹の手をしっかり握って、うなずいた。昨日のことのように鮮明に思い出せる。そのあと、実際に店に梢がやって来ることはなかった。梢はそういう娘だ。誰かに「困ってる」と伝えて、その誰かを困らせることを気にするところがある。「寒い」と口にしたところで誰もどうすることもできないならと、口を結んで寒波に耐える。幹彦は「あー」と呻《うめ》いて、両手で顔を覆《おお》った。

「お父さん？　スマイリーフェイスって、なあに？　ニコちゃんマークのこと？」

若葉の不安げな声で幹彦は我に返り、身を翻《ひるがえ》す。

「行きながら話す。梢が行ける場所、一つだけ心当たりがあるんだ」

幹彦は吹きさらしの海岸道路を稲村ヶ崎《いなむらがさき》のほうへ歩きつづけながら、ずいぶん前にスマイリーフェイスのキーホルダーを梢に渡したこと、そのキーホルダーにつけた二つ目の鍵は幹彦が店長を務めるサーフショップ、リバティのものであることを、若葉に話した。

やがて辿《たど》り着いたリバティは、並びの建物や向かいの海同様、闇《やみ》に沈んでいた。

「明かりは点いてないみたいだけど」

若葉が心細げにつぶやく。幹彦はうなずき、それでも足を止めず、店に近づいていった。

白い壁に青い屋根を持つ建物は、ウッドデッキに囲まれている。階段脇に据え付けられたロングボードには、白いペンキで書かれた〝Liberty〟の文字が読めた。オーナーが現役時代に使っていたボードで、今では店の看板代わりだ。

幹彦が幼い姉妹を連れて七里ヶ浜に引っ越してこられたのは、この店に雇ってもらえたからだった。かつてプロサーファーとして、現役を引退したあとはアドバイザーとして、一年の大半を海外で過ごすオーナーが、「門外漢の人のほうが、商売に集中してくれるだろう」と、サーフィンとも湘南とも無縁だった元サラリーマンに店長を任せてくれた。実際は、元サラリーマンが面接で語った〝会社を辞めてまで、七里ヶ浜で暮らしたい理由〟にほだされたのだろうと、幹彦は今でも感謝している。

「あっ」と短い声があがり、後ろにいた若葉が幹彦を追い越し、ウッドデッキに駆け上がった。呆気《あっけ》に取られ見送っていた幹彦を振り返り、若葉は確信に満ちた顔で言う。

「お姉ちゃん、中にいると思う」

「そうか？」

若葉は建物を振り仰ぎ、まっすぐ指さした。

「今、そこの陰に猫がいたんだ。もう裏手に逃げちゃったけど、白猫だった。あの猫は——間違いない。お姉ちゃんは中にいるよ」

猫と梢の因果関係がさっぱりわからず、困惑している幹彦に、若葉は「鍵貸して」と手を突き出す。受け取るのももどかしく解錠し、店に飛び込んだ。

「お姉ちゃん！　いるんでしょ？」

あとにつづいた幹彦が、冷静に照明のスイッチを押す。まばゆいまでの白熱灯が、サーフボードやウェットスーツやボードショーツが並ぶ店内を照らした。闇を見つめて歩いてきた目には、まぶしすぎる光だ。幹彦が両手で顔を覆うようにしてまばたきを繰り返しているると、フロアの奥——ふだんは店が主宰するサーフィンスクールの生徒達や常連客の憩《いこ》いの場として開放している畳敷きの部屋――から、「ふぁ」と間の抜けた声がした。若葉はフロアから部屋を覗き込み、声を尖《とが》らせる。

「お姉ちゃん、何のんきに寝てるのよ。お父さんとわたし、心配したんだからね」

子どもを叱《しか》る母親のようだなと、幹彦は目をとじたまま苦笑した。ついさっきまで、

「寒いよぅ」と半べそをかいていた人物とは思えない。

「ごめんなさい」

ようやくまぶしさに慣れた幹彦の目に、畳に手をついて謝る梢の姿が飛び込んできた。

身長はあるが厚みのない梢の体は、折りたたまれると妙に小さく見える。

「まあ、顔を上げなって」

幹彦は明るく言いながら、若葉の横をすり抜け、履き物を脱いで、畳敷きの部屋にあがった。暖房をずっとつけていたようで、部屋の中はあたたかい。幹彦はダウンジャケットを脱ぎ、梢が寒さから守られていたことにほっとした。

幹彦は梢の前にあぐらを掻《か》いて座ると、若葉がブーツを脱いであがってくるのを待って、梢の顔を覗き込んだ。涼しげな目元が腫《は》れている。顔色は白を通り越して青かった。ひどく泣いたあとなのだろうとわかって、幹彦は唇をかたく結ぶ。梢はまた頭を下げた。

「さっきまでマキちゃんがいて、少し話を聞いてもらってて――」

「やっぱりな」

若葉が勝ち誇って幹彦にささやく。

「さっきの猫、マキちゃんとよくいっしょにいるんだよね。だから絶対、ここにマキちゃんがいると思ったの。ってことは、お姉ちゃんが彼女を連れてきてるんだなって」

若葉のささやき声は案外大きく、聞こえていたのだろう。梢がうなずいた。

「コンビニの前で久々に会って、話しはじめたら長くなっちゃった。マキちゃんに〝あたたかいところで話さない？〟って言われて、ここしか思い浮かばなくて――」

娘達が〝マキちゃん〟と呼ぶ子は、たしか姉妹が七里ヶ浜に来てはじめてできた友達だったなと、幹彦は思い出す。ここ一ヶ月のうちに、姉と妹から交互に名前を聞かされ、すっかりお馴染《なじ》みの名前となっていた。

「それで梢、何に困ってるんだ？」

幹彦はおもむろに尋ねる。しんとした室内に、建物の軋《きし》む音が響いた。

どれくらい静寂がつづいただろう。梢が細い足を抱えて体育座りになり、膝《ひざ》に顎《あご》をうずめるようにして口をひらく。

「今日、バイトと稽古のあいだに時間ができたから、病院にいってきたんだ」

「最近ずっと風邪気味だって言ってたもんな」

幹彦がなるべくやさしく相槌《あいづち》を打つと、梢はこくんとうなずいた。

「そう。いつも医者には早めに行くようにしてるんだけど、ここのところ忙しくて、今日やっと行けたの」

そしたら、と言ったきり、梢は言葉を詰まらせる。若葉が痺《しび》れを切らしたように、にじり寄った。

「そしたら、なあに？」

「病気じゃなかった」

「おめでた？」

ぽろりと転がりでた若葉の言葉に、梢はがくりと肩を落とす。次に顔を上げたとき、その頬には少し赤みがさし、恨みがましい目つきになっていた。

「なんで若葉は、そうやって思いついたことをポンポン言っちゃうの？」

え、とひるんだ若葉の横で、幹彦が立ち上がる。

「そうなのか？　おめでたなのか、梢」

「――ごめんなさい」

梢の小さな頭を抱え、幹彦はわしゃわしゃ撫《な》でまわした。

「何で謝るんだよ、バカ。めでたいことじゃないの」

「めでたくない」

幹彦の手から逃れると、梢は髪を整えながら早口になる。

「産みたくないの、私」

梢は長い足をぎゅっと体に抱き寄せ、背を丸めた。若葉が目をむく。

「赤ん坊の父親——木崎さんじゃないとか？」

「莞《かん》さんだよ。決まってるでしょ」

「じゃ、何が問題なのよ？」

若葉が詰め寄ると、梢はちらりと幹彦に目をやり、口ごもった。

「それは——次の舞台も決まって、ここで降板したら迷惑かけるし」

「今ならまだ十分代役が立てられる時期じゃん。そこまで迷惑じゃないでしょ」

「それが嫌なんだよ。私の代わりなんていくらでもいるからこそ、のんきに産休取ってる場合じゃない。演劇一本で食べていけるかいけないかって、瀬戸際なんだよ、今の私は」

「だったら何で無計画に——」

「避妊してたよ、ちゃんと、いつも」

最後は、梢の悲痛な叫びとなる。幹彦はたまらず、「おいおい」と割って入った。

「まあ、落ち着こう。えっと、そうだな。深呼吸でもして——」

「お姉ちゃん、妊娠したことを木崎さんには教えてあげないの？　それってひどくない？

二人の子どもでしょ」

幹彦の声を踏み越えて、若葉が鋭く切り込む。梢は蒼白《そうはく》な顔をして、ぐっと唇を噛んだ。

その力みを抜いてやりたくて、幹彦はまた声をかける。

「梢はさ、悲観的に考えすぎてないか？　子どもは天からの授かりものだって言うし、この自然な流れで出産と育児を経験すれば、一回りも二回りもでっかい舞台女優に――」

「お母さんにもそう言った？」

梢が低い声で聞いてきた。切れ長の目が剃刀《かみそり》のように光っている。幹彦が言葉を詰まらせると、梢は身を震わせて叫んだ。

「お父さんは楽天的すぎるんだよ。その〝自然な流れ〟ってやつにのって、私と若葉を産んだお母さん、どうなった？　夫と子どもを遺《のこ》して死んじゃったよね？　私がお母さんみたいにならないって保証、どこにある？」

「ちょっとお姉ちゃん、何言ってんの？　子ども産んだら死ぬって、決めつけないでよ」

「死なないとも決まってないでしょ。病的だって自分でもわかるけど、でも私は――どうしようもなく怖い」

ぐわんと頭を殴られた衝撃が走り、幹彦はよろける。

梢を本当に追い詰めているのは、命というものへの決定的な不信感だと、ようやく悟った。千咲の死が幼い梢に植えつけた時限爆弾のようなそれを、梢自身は気づかず過ごしてきたのだろう。幼い心は悲しみを消化することで精一杯だったのだから、仕方ない。けれど父親の俺は――幹彦は自分の手を見つめる。梢がちょっとした体調不良や怪我《けが》でも病院に行きたがる、そして家族を行かせたがる子どもだと知っていたのに、「梢は心配性だなあ」の一言で流すべきではなかった。もっと早い段階で時限爆弾を処理すべきだった。娘達に楽しい毎日を送らせてやりたいと願いつつ、自分が楽なほうに流れるだけの毎日になっていなかったかと自問する。

立ち尽くす父親を見ようともせず、梢は畳の縁《へり》を指でなぞった。

「私は幼い子に、ある日突然〝自分を丸ごと愛してくれる人はもういない〟って思わせたくないんだよ。あの真っ暗な絶望は、幼い子が味わうべきじゃない」

若葉が幹彦の顔を見上げ、首をかしげた。

「お父さん、寒いの？」

「え？」

「震えてるじゃん」

幹彦は「ああ、うん」と喉の奥から声を絞り出し、そわそわと後ずさる。姉妹の顔がまともに見られなかった。

「寒いから、ちょっと俺、先に帰って、あらためて、うん、車で迎えに来るわ。ほら、君らも寒いだろうし。だから、なっ、ちょっと待ってて」

しどろもどろになる幹彦に、若葉が呆れたように息をつく。

「お姉ちゃんの問題、全然解決してないけど」

「わかってる。話そう、またあとで。今日は遅いから、日を改めて。とにかく車――」

「はいはい。行ってくれば？」

若葉が幹彦の言葉を遮り、梢の肩に自分のコートをかけてやる。寄り添うように並んで座り、さっきとは打って変わって穏やかな声で姉に話しかける妹の姿を視界に入れたまま、幹彦は「ごめんな」と言い残し、店を飛び出た。

外はいよいよ深い闇となっていた。幹彦は空を見上げたが、星の光は弱い。いつもよりずっと遠くに感じる。瞼の裏の千咲の笑顔も薄く掠《かす》れていきそうだ。幹彦は足を進めながら「ごめんな」と何度もつぶやく。その相手は梢であり、若葉であり、そして千咲だ。

「――俺は父親失格だ。いや、父親になんて、そもそもなれてなかったのかもなあ」

幹彦のうつろな声は、波の音に掻き消された。

＊

己の無力を痛感した夜から三日と経《た》たないうちに、幹彦は意外な人物から呼び出された。

待ち合わせ場所は、七里ヶ浜のドライブイン。アメリカのそれを意識したお洒落《しゃれ》な建物と、ドライブの途中でも寄りやすく江ノ電の駅からも近い海岸線沿いという好立地のため、いつも混み合っているが、その人物は「ここがいいんです」とこだわった。

冬の平日、午後六時過ぎという観光客の少ない時間を狙ったが、クリスマスソングが流れる店内は、やはり結構な混み具合だ。幹彦がきょろきょろしながら進んでいくと、一番奥のテーブルで立ち上がる人影があった。

「木崎君？」

幹彦の問いに「はい」と明るい声をあげた青年は、ネイビーのセーターとホワイトデニムをあわせた服装といい、表情といい、物腰といい、存在が丸ごと爽《さわ》やかだった。徹夜明けだというテレビ局ディレクターにはとても見えない。甘い顔立ちは、テレビ番組を作るより出るほうが向いていそうだ。

「はじめまして。木崎莞と申します。梢さんとお付き合いして、二年になります」

幹彦が席につくのを待って、木崎は立ったまま自己紹介した。幹彦が着席を促《うなが》しながら、「演劇をやっていたとか？」と話を向けると、木崎は「そうなんですよ」とくだけた笑顔になる。真っ白な歯がまぶしい。梢はずいぶん面食いだったんだな、と幹彦は意外に思った。

「梢さんと最初に出会ったとき、俺――いや、僕は大学生で、〈まど〉という鎌倉市民劇団にいました。就職を機に退団したんですが、今でも時間があれば公演を見に行くし、主宰や劇団員達との交流もつづいています」

「なるほど。――あ、『クリスマス・タイム』」

幹彦が店名のお洒落なロゴが入ったメニューから顔をあげると、木崎は小首をかしげた。

「クリスマスタイム？」

「失礼。店内のBGMが、ビートルズ唯一のクリスマスソングと言われてる曲でね」

「へえ」と木崎は音を追うように天井に目を向ける。

「ビートルズ、お好きなんですか？」

「うん。音楽全般が好きで、時代とジャンル問わずいろいろ聴くけど、口笛が出ちゃうのはビートルズくらいだね」

そう言って、幹彦がBGMに合わせて何小節か口笛を吹くと、木崎は「お上手です」と拍手した。その人の好《よ》いお調子者っぷりに、幹彦は親近感を覚える。

夕飯をここで済ませていきたいという希望が合致したため、幹彦がガーリックシュリンプ、木崎がジンジャーポークのプレート料理とフィッシュ＆チップスをそれぞれ注文する。車で来たという木崎に付き合い、幹彦もアルコールは我慢した。

注文した料理が運ばれてくるまでのあいだ、木崎はよく喋った。

今は都内で一人暮らしをしているが、生まれ育った実家は藤沢市の弥勒寺《みろくじ》にあること。梢とはそもそもアルバイト先がいっしょで知り合ったこと。長い間、友達というより知り合いに近い関係だったが、数年前に偶然、木崎の担当する番組の再現ＶＴＲに梢が出演したことから、交流が密になったこと。

幹彦も人見知りはしないほうだが、木崎は幹彦に輪をかけて人懐こい。セブンアップで乾杯する頃には、幹彦は娘の恋人である目の前の青年を、自分の友達のように感じていた。

二人でグラスを傾けて会話がふと途切れると、木崎はいきなり居住まいを正す。

「僕と梢さんが今、彼女のお腹に宿った命について話し合っていることは、三雲さんもご存知かと思います」

「ああ、うん、そうらしいね」

幹彦は気まずい思いを噛み殺して、うなずく。この問題に関して、幹彦は今やすっかり蚊帳《かや》の外だった。

あの晩、幹彦が家で気持ちを落ち着けてから、リバティまで車をまわしていくと、姉妹の顔が見違えるほどすっきりしていた。

どうなってんだ？　とこっそり若葉に聞いたところ、幹彦が去ったあと、例のマキちゃんが忘れ物を取りにリバティに戻ってきたらしい。

若葉の言葉を借りれば「魔法みたいに聞き上手で励まし上手な」第三者が加わることで、梢の心は整い、ひとまずパートナーである木崎に相談するという前向きな一歩を踏み出した。一方で幹彦は、梢とまだまともに目を合わせて会話していなかった。どちらかといえば、幹彦が逃げている恰好《かっこう》だ。

そんな父娘《おやこ》の状況を聞いているのかいないのか、木崎はグラスの水滴で濡《ぬ》れたコースターをじっと見つめる。

「俺が今日、梢さんのいないところで三雲さんとお話ししようと思ったのは、結論を出す前にどうしても――男同士っていうか、父親の先輩後輩としてってていうか、お義父《とう》さんにお聞きしたいことがあったからです」

一息に話して、木崎はセブンアップをあおる。飄々と涼しげだった雰囲気がわずかに熱を帯びた。喋っている短い間に、幹彦の呼び名が「三雲さん」から「お義父さん」に、一人称が「僕」から「俺」に変化したことに、本人は気づいていないらしい。

「えー。聞きたいこと？　何だろ？」

幹彦が緊張を隠して明るい声をあげたところで、料理が運ばれてきた。二人はしばし料理に集中する。幹彦がシュリンプの殻を剝《む》き終えるのを待って、木崎は口をひらいた。

「奥様から妊娠を告げられたとき、三雲さんはどう思いましたか？」

「奥様って、俺の奥さん？　えっと、どうってそりゃ――」

幹彦の口が滑りかけるのを抑えるように、木崎の目がきらりと光る。

「本当の気持ちを教えてもらえませんか？　梢さんには決して言いませんから」

俺は父親になる側、三雲さん側なので、と木崎はそっと付け足した。

幹彦はシュリンプを頰《ほお》ばる。ガーリックの香りが鼻に抜けていく。ビールがのみたいなと今さら思ったが、我慢するしかない。幹彦はゆっくり目をつぶり、またひらく。

「俺の奥さん――千咲っていうんだけど――彼女が梢を身ごもった年齢は、二十歳だ。その話は聞いてる？」

「はい。年齢だけは」

「だろうね。娘達には年齢くらいしか教えてないから」

幹彦は小さく笑った。もともとは、千咲本人の希望だ。

──ねえ、幹彦さん。わたしがいなくなったら、子ども達にあんまりママの話をしないでね。

幹彦は最初意味がわからなかった。いないからこそ話すんじゃないのか、幼い姉妹にいつまでも君を覚えていてもらえるよう話すんじゃないのかと詰め寄った。千咲はおだやかに、けれど頑固に首を横に振りつづけた。

──幹彦さんはわたしを愛し、大事にしてくれる。そんなパパが語るママは、マリア様か菩薩《ぼさつ》かってくらい、偉大になりすぎると思うんだよね。わたしは娘達を、自分の幻で潰《つぶ》したくない。

わたしはわたし、梢は梢、若葉は若葉よ、と千咲は念押しした。さらに、わたしはみんなの想像の中で生きていれば十分だからと、幹彦と付き合いだしてから撮りだめた思い出の写真もすべて処分させた。

幹彦は納得できず、ずいぶん抵抗もしたが、最後には千咲の頼みを遺言として受け入れ、約束を守ってきた。幼い娘達が母を恋しがって泣いたときは、本当の思い出を語れない分、コロママゲームなんて遊びを捻《ひね》り出して、家族の中に千咲の席を残してきたつもりだ。

幹彦は木崎のプレートがあまり減っていないことを知り、温かいうちに食べなよと促す。木崎は素直にすぐさまジンジャーポークを頬ばり、さらにフライドポテト数本を一気に口に放り込んだ。甘い顔立ちに似合わぬ豪快な食べっぷりを見て、幹彦はうなずく。

「よし、木崎君には包み隠さず話そう」

テーブルに身を乗り出して、幹彦はささやいた。

「〝嘘《うそ》だろ？〟」

「え？」

「だから、千咲から妊娠を聞かされて、俺の中で最初に浮かんだ言葉」

「〝嘘だろ？〟ですか」

「うん。まだ付き合って日も浅かったし、さっきも言った通り、彼女はまだ二十歳だった。俺だって若い、半人前以下の社会人で、家庭や結婚なんて、これっぽっちも考えたことがなかったんだよね」

「これっぽっち」のところで、幹彦が片目を細めてひとさし指と親指を摺《す》り合わせると、木崎は身を引き、「うわあ」と心底嫌そうな声を漏らした。幹彦はその心の内を代弁してやる。

「ひどいよなあ。自分でもそう思う。けど嘘偽りなき、当時の俺の心の声」

さらにひどいことに、幹彦の心の声は、嘘をつけない顔によって外に漏れていた。千咲の頬と耳がさっと赤くなり、「嘘でも冗談でもないよ」と小さな声でつぶやいたのを、幹彦は今でも覚えている。あのときの彼女の気持ちを考えると、自分を殴りたくなる。何発殴ろうが、足りない。

——幹彦さんはどうしたい？

震える声で尋ねた千咲の瞳は濡れていた。

「俺は覚悟が決まらず、卑怯《ひきょう》にも質問で返したんだよ。〝君はどうしたい？〟って」

「奥様の返事は？」

「〝家族がほしい〟ってさ」

幹彦が勤める会社の前に、昼休みになるとやって来る移動弁当屋の店員が千咲だった。

毎日、五百円玉と日替わり弁当を交換するうちに、少しずつ会話を交わすようになり、ついには幹彦が五百円玉と共に自分の連絡先を書いた紙を、千咲の掌《てのひら》に押し込んだ。この子ともっとたくさん喋りたい。彼女の話を聞きたいし、俺の話も聞いてもらいたい。幹彦にそう思わせる懐かしいにおいを、千咲は発していた。

付き合うようになってすぐ、幹彦は千咲に感じた懐かしいにおいの正体を知る。それは二人に共通した生い立ちのにおいだった。

——わたしにはアルバムがないの。わたしの両親にとって、子どもは〝いらないもの〟だったから。成長を写真に残して愛《め》でるという発想が、そもそもなかった。

そんな言葉で、千咲は自分が両親に愛されないまま育ち、これ以上損なわれないように縁を切って自立した過去を教えてくれた。幹彦は優秀な兄の恥部と見なされ、両親から叱《しっ》責《せき》と侮蔑《ぶべつ》しか与えてもらえなかった身の上を、はじめて他人に打ち明けることができた。

「当時の俺は千咲が必要で、いっしょにいたいと思ったし、実際すぐに同棲《どうせい》をはじめた。自分を丸ごと愛してくれる存在に、やっと出会えた気がしてたんだ。だからたとえ我が子であっても、千咲の愛が分割されて減るのが嫌だった。愛を知らなくて、信じられなくて、人の親になったり、家族になったりって、うまく想像できなかったんだよなあ。そんな大それたことが、自分にできると思ってなかった」

そう言って頭を掻いた幹彦を、木崎は黙って見返す。

「でも千咲は違ったんだよ。〝今でも幹彦さんをこんなに愛してるんだから、子どもが生まれたらきっともっと愛せるに違いない〟って。愛は与えれば与えるほど倍々で大きくなっていくって信じてた。親に愛されなかった二人の損なわれた部分を埋めるには、自分達がより広く深く愛していくしかないって」

「だから、〝家族がほしい〟と？」

「ま、そういうことだな」

幹彦はうなずき、残っていたシュリンプをフォークで突き刺した。

双方の実家には無視されたまま、二人は正式に結婚し、翌年、梢が生まれた。その二年後に若葉が生まれ、幹彦は千咲の言っていたことを体で理解していく。家族単位で過ごす日々を重ねるほど、自分の心が愛《いと》しい存在で満たされ、癒《い》やされていくのを知った。ありあまる幸福に満足していた矢先、千咲が病に倒れた。

「千咲がいなくなって日が経てば経つほど、あいつは自分の身に起こることを知っていて、俺に家族を遺してくれたんじゃないかって、そんなふうに思ったりもする。だからって、千咲が死んだことは、いまだに全然腑《ふ》に落ちないよ。千咲が生きてなきゃ意味がないって、今でも天に向かって叫びたい気持ちでいっぱいだ」

すんと鼻をすする音が聞こえる。幹彦が目を上げると、木崎があわててうつむき、ライスを掻きこんだ。幹彦はセブンアップをのんで、息をつく。

「まあ、そんな調子だからさ、俺は千咲の分まで娘達を愛することができたか、自信がないよ。目も十分に届いていたとは言えないな。やさしいご近所さんが、あの子らを育ててくれたようなもんだ。頼りない父親だったと思う。梢があんなに母親の死に傷つき、絶望していたことにも、まるで気づかなかった。その結果が今の事態だとしたら、梢と木崎君には本当に申しわけないことをした。ごめん」

がばりと身を伏せて謝る幹彦に、木崎は「頭を上げてください」とささやいた。

「三雲さんの愛は、ちゃんと娘さん達に届いてますよ。梢さんがあそこまで取り乱したのは、宿った命が大事だからだと、俺は思うんです。お義父さんとお義母《かあ》さんが梢さんに刻み込んだ愛が彼女を揺さぶってるんです、きっと」
顔を上げた幹彦に、木崎は目を細め、梢がことあるごとに話してくれた〝お父さん〟についてて軽妙に語った。

いつも適当で、楽観的で、とぼけていて、肝心なときに頼りにならなくて、でも、と木崎は梢の言葉をそのまま伝える。

――大人になってわかったんだ。大切な人を亡くしたあと、お父さんがそういう明るさと大らかさを子どもに見せるために、どれだけがんばってくれたのか。お父さんが笑っていてくれたから、私と若葉は思いきりめそめそ悲しめたんだと思う。悲しんで、それから少し忘れて、家族三人の暮らしに馴染んでいったんだと思う。だからね、ウチのお父さんは、あんなにひょろひょろしてるけど、大黒柱なんだよ。

幹彦はセブンアップの入ったグラスを傾けた。おかしいな、と首をひねる。こんなに鼻につんとくる飲み物だったっけ？

「三雲さんは懐《ふところ》の深い、ぶっとい大黒柱だと、俺も思います。だって、信用してなきゃ頼れないでしょう？　三雲さんはご近所さんを信用して、家族という密室の窓をあけていた。すごく風通しのいい家族だったんじゃないかな」

木崎は熱を込めてそう言うと、思い出したように周囲を見まわした。

「こういう話をするには、賑《にぎ》やかすぎる店でしたね。すみません」

「いいよ。これくらいの喧噪《けんそう》に紛《まぎ》れたほうが、逆に話しやすかった」

幹彦は本音を語る。木崎は「よかった」と微笑んだ。

「二年前、俺はこの店で梢ちゃんに交際を申し込んだんです。二人のはじまりの店なんです。だからどうしても同じ店で、今度は家族をはじめたかった」

木崎は身を乗り出して幹彦の腕を取る。

「お義父さん」

「な、何？」

「俺、誓います」

「何を？」

木崎は長いひとさし指をぴんと立てた。

「まずは、梢ちゃんに芝居を諦めさせないこと。産むまで梢ちゃんが舞台に立てない分、生まれたあとは、俺が育休取って育児のメインを張ろうと思います」

「大きく出たね」

驚く幹彦にうなずき、木崎は「次に」と虚空《こくう》を睨む。

「梢ちゃんの例の〝死んじゃったらどうしよう〟って恐怖を少しずつだけど、絶対に取り除いてみせること」

「できる？」

木崎はあっさり「わかりません」と首を横に振り、でも、と目をみひらいた。

「これは、梢ちゃん自身と彼女がこれから作る家族が受け持つ課題だから、やります。できるでしょ、きっと」

軽妙な語り口の裏に緊張と不安が隠れているのがわかって、幹彦は微笑む。やはり木崎には親近感を覚えてしまう。

「最後にというか、ゆえにというか、梢ちゃんのお腹の子の命を救うこと」

「――それも、誓ってくれるのか?」

「勝算はあるんで」

木崎は言い切り、大らかに笑った。幹彦も笑い返す。肩が半分軽くなった気がする。

娘を真心で愛してくれる人がいるという幸福を、今、幹彦はしみじみ噛みしめていた。

＊

ドライブインでの秘密の男子会のあと、木崎がどう立ち回ったのかは、幹彦の知るところではない。けれど「勝算はある」と請け合った通り、うまくやってくれたらしい。

年が明けると、梢はつわりに苦しみながらも結婚と出産に向けて一気に動きだした。

木崎家と三雲家が藤沢の中華レストランで行った顔合わせは終始和《なご》やかで、幹彦と向こうの両親は夫婦となる子ども達のことより、地元湘南の隠れた名店についての情報交換で盛り上がってしまった。

木崎と梢の意見が唯一分かれたのは、式場と結婚式の時期だ。「子どもが生まれたあとに」と鎌倉プリンスホテルを推す木崎に対し、梢は自分の体調と収入を考えて、安定期に入る三月中旬頃、馴染みのピエトラ・ルナーレを貸し切って、ささやかなマリッジパーティーをひらくことを提案した。木崎が折れた理由は、実際に梢とピエトラ・ルナーレに食事にいったら、オーナーの岩永とシェフの沙斗子が梢の妊娠と結婚を泣いて喜んでくれたからだという。

若葉はイタリアへの渡航準備に追われながらも、姉をよく支え、結婚式のプランに口を挟み、自分でも動いていたようだ。その活力源は、未来の甥《おい》もしくは姪《めい》への愛だろう。口をひらけば「早く会いたい」と叫び、「イタリアからすぐに帰ってこられないから、今のうちに」とまだ性別もわからない赤ん坊に向けて、毎日玩具や服を買い込んでくる。

大きなうねりにのまれるような日々の中で、花嫁の父となる幹彦だけが、ぽつんと置いてけぼりだった。姉妹それぞれの自立がすぐそこに迫っているという事実に、うまく馴染めずにいた。木崎のおかげで罪悪感からは解放され、今まで通り娘達に冗談や軽口を言えるようになったものの、姉妹と自分の間には流れの速い川が横たわっているように思う。川幅はそう広くない。だけど、飛び越えるには少し覚悟が必要な川だ。

三月に入って、いよいよマリッジパーティーが間近に迫ってくると、思いがけない人物が七里ヶ浜に帰ってきた。若葉の大事な仲良し、理太郎だ。イタリアで料理人の修業をつづけている彼に、わざわざ休暇を取らせて日本に呼び戻したのは、母親の沙斗子だった。

——三雲家の節目の日の料理だもの。大きな戦力が必要でしょう。

沙斗子は幹彦にそう説明したあと、声をひそめてつづけたものだ。

——理太郎がね、若葉ちゃんのイタリア暮らしがどうなるのか、ずいぶん心配してたから。渡航前に直接会って、いろいろ話せるといいなと思って。

「ありがとう。助かるよ」と幹彦は頭を下げた。理太郎の登場に、若葉がどれだけほっとしたか考えるだけで、胸があたたかくなる。七里ヶ浜という町で三雲家の築いてきた縁が、自分一人では飛び越えられない川に、橋を渡してくれた気がした。

結婚式前夜、つわりの時期を過ぎ、今度は倍々に増えていく体重と戦いだした梢と、いつもよりずいぶん早めに帰宅した若葉といっしょに、幹彦は夕飯を食べた。メニューは梢のリクエストで、幹彦特製巨大ハンバーグと高菜と梅の炒飯《チャーハン》。三人の食卓にもう何回のったかわからない、お馴染みのメニューだ。

幹彦は姉妹の顔より大きいんじゃないかと思える挽肉《ひきにく》の塊を大皿を使って裏返しながら、ここまで巨大なハンバーグを作る機会は今後ぐっと減るだろうと気づく。「もっと派手なご馳走《ちそう》にしなくていいのか」「ハンバーグと炒飯って、バランス悪くないか」と尋ねる幹彦や若葉に対し、梢が頑《かたく》なにメニュー変更を了としなかった理由がわかった気がした。

夕飯のあとは、いつものようにそれぞれのペースで風呂に入り、思い思いの場所でくつろぐ。幹彦がダイニングテーブルでビールをのみながら音楽を聴いていると、とっくに部屋に戻っていたはずの若葉が顔を出した。

「お父さん。今夜は一階で寝ない？」

「一階って、和室しかないけど」

「うん、和室。小さい頃みたいに三人で寝ようよ。あ、お母さんもいっしょに四人で」

言いながら、若葉はチェストの上からひょいと小さな骨壺を取り上げた。

若葉に急《せ》かされるまま、幹彦はビールを片付け、アンプとプレーヤーの電源を落として、歯を磨く。そして和室へ向かいながら、照れ隠しに声をあげた。

「あそこ六畳だぞ。窮屈《きゆうくつ》だろう」

「だいじょうぶだよ。布団もちゃんと三人分敷けたし」

若葉が襖《ふすま》をあける。言葉通り、三人分の布団がすでに敷いてあった。襖寄りの布団の脇に正座していた梢が顔を上げる。

「お父さん、今まで――」

「わっ、ちょっと待って」

そういう挨拶《あいさつ》は苦手だと制しかけた幹彦の前に、梢が差し出したのは束になった診察券だった。

「これ、お父さんが今まで罹《かか》ったお医者さんの診察券だから」

「へ？　診察券？　これ全部？」

「総合病院、眼科、内科、外科、皮膚科、耳鼻咽喉科《じびいんこう》——あ、これは人間ドック専用のクリニックね。一度しか行ってないところや古いのも混じってるけど」

「全部、お姉ちゃんが管理してたの？」

「若葉のもね。あなた達、すぐなくすから」

　梢に当たり前のように返され、幹彦と若葉は顔を見合わせる。梢はかまわず、正座したまま手をついた。

「お父さん、お願い。一人暮らしになっても、不調だったりいつもと違う感じがしたりするときは、すぐ病院に行くって約束して」

　梢は真剣だった。病院へ行くのが遅れて不治の病をこじらせた千咲のトラウマが、染みついているのだろう。若葉にはイタリア在住の名医をピックアップしたプリントを渡し、同じことをお願いしている。

「私はもう、いつもそばにはいられないから。〝病院行け〟って口うるさく言えないから」

「するよ、約束。俺も若葉も何かあったら、すぐ病院に行く。なっ」

　幹彦はうなずき、若葉にも約束させた。診察券を一枚一枚たしかめながら、言いきる。

「だから、心配しなくていい。だいじょうぶだから」

「お父さん――長生きしてください」

梢は声を震わせ、頭を下げた。それがどれだけ切実な願いか、三雲家の人間ならわかる。

幹彦は梢の頭をゆっくり撫でた。撫でながら、こうやって自分は娘達を愛してきたんだと思い当たり、晴れ晴れとした気持ちで胸を張った。

「それも約束する。まかせとけって」

まず若葉が、次いで梢も吹き出し、「適当なんだから」と声が揃う。幹彦は頭を掻きながら、こっそり鼻をすすった。

気が済んだのか、梢は少しふっくらしたお腹に手を添えて、布団に潜り込む。

「お父さん、真ん中ね」

「へいへい」

幹彦が横たわると、若葉が「コロママゲームする人、手あげてー」と叫んだ。天井に向かって三人の手があがる。あの頃のように、ゲームがはじまる。

「じゃあ、お題はわたしからね。えーと――」

若葉は一瞬迷ったあと、勢いよく言った。

「花嫁さんだったころ、ママは何してた？」

幹彦は腕を頭の下に敷いて、口笛を吹きながら考える。より突拍子《とっぴょうし》もない、より楽しい方向に、想像を働かせる。母親を亡くした娘達をこれ以上悲しませないように、寂しがらせないように、そして、母となる姉と海を越える妹へのエールとなるように。

幹彦は「思い出したぞ」と手を叩いた。

「花嫁さんだった頃、ママは——」

幹彦の声が響き、幼子のように顔を半分だけ布団から覗かせた姉妹の目が輝く。

*

四月の丸みを帯びた陽光が射し込むベーカリー・ジェーンの店内で、幹彦は二個目の桜あんマフィンを取ろうとしていたトングを引っ込めた。

「あぶない、あぶない。一つでいいんだった」

独り言が出てしまう。最近めっきり増えた気がする。家の中だと壁に吸い込まれてしまうそれに対し、レジカウンターの向こう側から梨果が応じてくれた。

「一人暮らしには、まだ慣れませんか？」

「慣れないねえ。若葉が発《た》って、まだ一週間だもん。家の中が広くてしゃーないわ」

三月の中旬に梢が、下旬に若葉が、それぞれの新天地に向かって家を出た。

「梢ちゃんの結婚式、よかったですねえ。夫婦揃ってご招待いただき、感謝します」

「あの子を見守ってきてくれた七里ヶ浜の恩人達に、晴れ姿を見てもらえてよかったよ」

幹彦のそんな言葉に、梨果は丸い額を揺らして笑う。

「産婦人科の医師をしているお友達のスピーチ、上手でしたね。梢ちゃんがどういう学生生活を送ったのか、よくわかりました」

「ああ、亜麻音ちゃんのスピーチな。あの子が高校で演劇に誘ってくれたおかげで、梢はずいぶん楽しい学生生活になったみたいだ。感謝してるよ」

「じゃあ、あのお友達が、梢ちゃんの初舞台の写真にいっしょに写ってた子だったのね」

「写真見たんだ？」

「見た、見た。全部じっくり見ましたよ」と梨果が勢い込む。マリッジパーティー当日、梢のたっての希望でピエトラ・ルナーレの壁に、幹彦の撮りだめた姉妹のポラロイド写真が飾られたのだ。

「ちっちゃい頃から順に姉妹の成長を見ていくと、涙が出ちゃったわ。ポラロイドってところが余計に郷愁をそそるというか、雰囲気がありましたよ」

「いやあ、恥ずかしいな。家族のアルバム用に撮ってきただけなのに」

「あの写真は三雲さんの目線、娘達を見守ってきたお父さんの愛、そのものね」

「おおげさだなあ」と幹彦が気まずく頭を掻いていると、梨果はしばらく客が入ってきそうもないことを確認して、レジカウンターから出てくる。

「あと沙斗子さんから聞いたんだけど、独創的なウェディングケーキは、若葉ちゃんのお手製だったんですって？」

「違う、違う。作ったのは、沙斗子さんトコの理太郎くん。若葉は体重制限のある妊婦用に砂糖をオリゴ糖にしたり、鉄分補給にアサイーを混ぜたり、ケーキの材料を設計したって感じかな」

「へえ。それもすごいじゃないですか」

「はは。管理栄養士の面目躍如《めんぼくやくじょ》ってやつ？　理太郎くんという料理人のセンスと技術にも、十分すぎるほど助けられてたみたいだけど」

幹彦は食パンとマフィンを一つだけのせたトレイを、梨果に手渡した。

「じゃ、今日はこれでお会計お願い」

ベーカリー・ジェーンを出て、幹彦は商店街の並木道を歩いていく。〝桜のプロムナード〟と命名されているだけあって、何本もの九分咲きの桜が枝を広げていた。商店街を抜けると、桜のアーチの向こうに青い海が見える。幹彦はふと思い立って、回れ右した。

坂道をぐんぐん上がり、高台と呼べる場所に出る。四月の光をもってしても薄暗い、片側が急斜面となった雑木林がある。幹彦はそこに躊躇《ちゅうちょ》なく分け入り、芽吹いた緑を愛《め》でながら細い獣道《けものみち》を抜けた。

木々が途切れて視界がひらけ、明るい陽光に照らされた広い敷地に出る。緑の芝の上にオレンジ色の屋根を持つロッジ風の建物が点在しているのが見えた。幹彦はゆっくり息を吐く。二十年以上前の春と何ら変わらないそこは、時が止まっているように静かだった。〈ホスピス葉桜〉。千咲が最期の日々を過ごした場所。

七里ヶ浜で暮らした二十余年、幹彦はここに一度も足を向けなかった。娘達も連れてこなかったし、一人で散歩しているときもあえて避けてきた。

今、幹彦は空の青と芝の緑を交互に見て、覚悟していたほど寂しさが迫ってこないことにほっとする。安らかな気持ちのまま、胸の中で千咲に話しかけた。

──梢と若葉が七里ヶ浜から出ていったよ。俺らの娘、あの小さかった姉妹が、大人になったんだ。

あの頃は返ってきた千咲の声が、今日は聞こえない。時が止まった風景の中で、幹彦は月日の長さをありありと感じた。

帰ろうときびすを返しかけたとき、芝の向こうから白くて丸っこいものが転がるように走ってくるのが見えた。

「あ、猫」

気の抜けた声でつぶやいたときには、その白い猫はもう幹彦の前に座っていた。顎の下にたっぷりと蓄えた肉を揺らし、ほとんど聞き取れない声で鳴く。

「へえ。猫ってあんなに長い距離を全力疾走できるんだな」

幹彦はのんきな感想を述べながら、既視感を覚える。かつて同じ言葉を口にしたことがあったような、なかったような。幹彦はしゃがんで白猫の頭を撫でてやった。額から頭頂部に向かって撫で上げると、猫の細めていた目がにゅーんとひらく。

「あれ？　おまえ、左右で瞳の色が違うんだ？　こういうの、何て言ったっけな」

幹彦が記憶を探っていると、耳の奥で懐かしい声が弾《はじ》けた。

――オッドアイ。

その少し鼻にかかったやさしい声は、紛れもなく千咲のものだ。

白猫は不思議そうに首をかたむけ、また聞き取れない声で鳴いた。

「おまえ、まさか――ジョンか？　何歳になったんだ？　二十？　二十一？　二十二？　野良猫ってそんなに長生きするっけ？」

幹彦の口からは矢継ぎ早に質問が飛びだす。目の前の白猫はもちろん何も答えない。

「ジョン」と呼びかけられても、特に反応もしなかった。この猫と思い出の片隅《かたすみ》で埃《ほこり》をかぶっていた白猫は、別人ならぬ別猫だと、幹彦は片付ける。

「ま、あの日ジョンと会ったのも、今日おまえと会ったのも、何かの縁だろ。元気でな」

顎を指先でくすぐってから、幹彦は立ち上がる。すると白猫も当たり前のように、幹彦が帰ろうとしていた雑木林のほうに歩きだした。

オッドアイの白猫はつかずはなれずで、とうとう三雲家の門の前までやって来た。

門のかんぬきを見上げ、「ナア」と鳴く。はじめて聞こえた白猫の声は、驚くほど太かった。幹彦はそれが命のたくましさに思え、嬉しくなる。

「おまえ――ジョンって呼んでもいいかな？　いいよな？　うん、呼ばせてもらうよ」

一人で会話を完結させ、幹彦は門をひらく。玄関へつながるアプローチにまず自分が立ち、振り返って白猫に語りかけた。

「ジョンが何歳なのか知らないけど、どうかな？　余生はさ、この家で俺といっしょに暮らしてみない？」

幹彦の言葉が終わらぬうちに、白猫は真顔のまま立ち上がる。レッドカーペットを踏むムービースターのように堂々と、門をくぐって歩いてきた。幹彦の足元をすり抜け、玄関ドアの前までいくと、また太い声で鳴く。

ここは自分の家だと言わんばかりに、鳴きつづけた。

エピローグ　はじまり

四月の空気はまだ肌寒かった。それでも、千咲《ちえみ》は〈ホスピス葉桜〉の庭に出ることを選んだ。明日も出られるという保証は、どこにもないからだ。

緑の芝の上を大きな車輪でゆるゆると進み、海の見えるところまで来ると、付き添いの看護師が車椅子を停《と》めてくれた。千咲は礼を述べる。看護師は千咲の下半身を巻き込むようにブランケットを掛け、ダウンコートを着た千咲に三度も「寒くないか」と尋ねた。

「本当にだいじょうぶ。寒くはありません。日光浴と読書にうってつけの日差しだわ」

千咲は笑って、部屋から持ってきた本を掲《かか》げた。「この辺りが舞台になってるよ」と院長が貸してくれた単行本だ。ここ一ヶ月ほど、文字を追う気力がめっきりなくなっていた千咲だが、そう言われて久しぶりに本が読みたくなった。

——海の見えるホスピスがあるから。

ただそれだけの理由でやって来たこの町、七里ヶ浜の風土に、千咲はすっかり馴染《なじ》み、今まで暮らしてきたどの町より愛着を感じている。

「でも、ここは冷たい海風が吹き上げてくるからね。油断禁物ですよ」

心配そうに言う看護師に向かって、千咲はピースサインで応じた。看護師は小さく息をつき、笑顔を残して去っていく。

朽ちていく自分の体と日々向き合わねばならない患者達に、孤独を感じさせてはいけないが、一人で過ごす時間も必要だと、ここのスタッフ達はよくわかっている。千咲は感謝しながら本に目を落とした。つい最近、この施設の取材に訪れた小説家がみずから贈呈してくれたそうで、扉にサインが入っていた。

第一章を読み終わる頃、スーツ姿の幹彦が姿を現した。今日も会社を早退してきてくれたらしい。両手で何か大事そうに持っている。近くまで来ると、千咲はそれがプラスチック製のおでん容器だとわかった。

「来る途中、移動屋台を見つけてさあ。暦の上だと季節外れだけど、まだ寒いもんな」

幹彦はそう言って朗《ほが》らかに笑う。この笑顔と常に明るい言葉を選んでくれる彼の性格に、千咲はどれだけ励まされてきたかわからない。

移動式弁当屋の店員と客のサラリーマンという関係で出会った頃、ひょろりとした優男《やさおとこ》で調子のいいことばかり言う幹彦を、苦労知らずのお坊っちゃんだと、千咲は勝手に決めつけていた。存在することを親に認めてもらえなかった自分ほど可哀想《かわいそう》な人間はいないと思い込み、頑《かたく》なに自分を憐《あわ》れんできた千咲にとって、幹彦は未来永劫《えいごう》かかわることのない人種のはずだった。

けれど幹彦はちょうどいい鈍さをあえて作れる繊細さでもって、千咲の築いた分厚く大きな壁を軽々と飛び越え、二十年近く氷漬けにされてきた千咲の心を溶かし、交流した。またその過程で、幹彦は自分も親に愛されなかった子どもであることを打ち明けた。まるで昨日見たドラマのあらすじを語るように、面白おかしく、朗らかに。

幹彦が自分よりずっとハードな人生をタフに送ってきたと知ったとき、千咲の幹彦に対する愛情に尊敬が加わった。そして刹那《せつな》的な交際ではなく、永遠に彼の隣にいられる家族になりたいと願った。その家族の中でなら、自分も大らかで強い人間になれると信じた。

その願いは半分叶《かな》い、半分叶わなかったと、今わかる。

「ここで、おでんクイズ。千咲の好きな具はなーんだ？」

「――こんにゃくと、さつま揚げ」

「正解！　正解者の千咲には、賞品のこんにゃくとさつま揚げが贈られまーす」

幹彦はそう言って、恭《うやうや》しくおでん容器を差し出した。千咲は笑ってしまう。

「自分のことだよ。正解するに決まってるでしょう」

「そお？　俺は自分の好物なんてすぐ忘れちゃうけどね。さ、食べて、食べて」

千咲は「本当に適当なんだから」とつぶやきつつ、今日も自分を笑わせてくれる幹彦に感謝する。

「梢と若葉は元気？」

「元気。元気。あ、えっと、これが昨日のお嬢様達」

幹彦がスーツのポケットからごそごそ小さな写真を取りだす。ポラロイドカメラで撮影された姉妹が写っていた。かわいい盛りの幼子達。本当なら五分とて目を離していたくない。一日に何度だって抱きしめたい。やわらかい肌とあまいにおいを全身で感じていたい。千咲は胸が苦しくなった。一年以上離れていても、すぐ近くに感じられる娘達の姿を、鮮明なデジタル写真やフィルム写真で見たら、会えないことがつらすぎて、どうにかなってしまう。ポラロイド写真くらいの粗《あら》い画像がちょうどいいと、千咲は微笑《ほほえ》んだ。

「若葉、少し大きくなったんじゃない？」

「一昨日《おととい》よりも？　そんな短期間での微妙な成長がわかんの？」

「わかる──気がする」

千咲はこくりとうなずき、ポラロイド写真をダウンコートのポケットにそっとしまった。

「子どもの写真はいいな。ねえ幹彦さん、わたしに見せる必要がなくなっても、梢と若葉が大人になるまで、たくさん撮ってあげてね」

ついでのように言ってみると、幹彦の軽口が滞《とどこお》った。千咲はあわてて笑顔を作る。

「次来るときも、写真よろしく」

「オッケー。次は明後日かな。明日はどうしても抜けられない会議があって──」

「そんなに頻繁《ひんぱん》に顔を出さなくていいよ。七里ヶ浜は幹彦さんの会社から遠いし、ここに寄っていたら保育園のお迎えも遅れちゃうし──」

「俺が来たいんだ」

千咲の言葉を遮って強く言い切ったあと、幹彦はすぐにまた笑った。

「明後日は何のおみやげがいい？　何か食べたいものある？」

食欲はほとんどなくなってきている千咲だが、「そうねえ」と考えるふりをした。

「あ、最近、七里ヶ浜に新しいパン屋さんができたみたいなの。マフィンやスコーンがおいしいんだって、院長が話してた」

「へえ。何て店だろ？　探して買ってくるよ」

幹彦は満足そうにうなずく。その約束の気軽さに、千咲は今日と明日を地続きで考えられる幹彦との距離を感じた。

千咲は自分の目が真下に見える海を通り越して、どこか遠い、透明な場所を眺めていることを自覚し、ふうと息をつく。

「ねえ、幹彦さん。海の見えるこんな町で、梢と若葉を育てられたら最高だね」

「何、突然」

「願いよ。わたしの願い」

千咲が夢見るようにつぶやくと、幹彦が猫背を無理やり正した。

「千咲の願いか」

「うん。もし七里ヶ浜で暮らせたら、わたしはあの子達といっしょにおしゃれして、町のすみずみまで探検するよ。おもしろい場所や素敵なお店がたくさんあると思うんだよね。それでご近所さんと仲良くなって、行きつけのお店もできたりして。三雲家の暮らしってものを作っていきたい」

幹彦は珍しく相槌《あいづち》だけ打って聞き入っている。千咲はつづけた。

「あの子達はきっと、この町で初恋を経験するね」

「初恋以前に、友達百人できるかねえ？」

幹彦が首をかしげると、千咲は微笑んだ。

「必要な友達の数は、人それぞれで違うから。梢と若葉がもし友達を持たない青春を歩いたとしても、そういうもんかって、親は大きく構えておこうよ」

「ほうほう。じゃ、もし娘達が進路で迷ったら、どうする？」

うーんと千咲は天を仰ぎ、それからまた視線を手元に戻し、おでん容器を持ち上げた。

「勉強のアドバイスはできないけど、おでんでもいっしょに食べようかな。身も心もあったまれば、目先の進路だけじゃない未来が見えてくると思わない？」

千咲はそうやって次々に娘達との未来について語り、ついには言葉を詰まらせる。

幹彦がさっとハンカチを差し出した。アイロンをかけなくてもいい薄手のタオルハンカチだ。千咲が受け取って目頭をおさえると、剽軽《ひょうきん》な笑顔で励ましてくれる。

「ママが弱気になっちゃ困るな。あの子らの人生はまだまだつづくよ。自立して家を出ていったあとだって、仕事に、夫婦の関係に、子育てに――悩みはきっと尽きないぞ。あの子達がおばあさんになるまで、しぶとく生き残って、相談役になってやろうぜ」

それができたら、どんなに幸せだろう。千咲は叶わぬ願いを思い、ハンカチにたっぷり涙を吸い込ませた。

「無理よ」

「無理じゃない」

幹彦がか細い声で反論する。けれどその顔を見れば、千咲の命のカウントダウンが始まっていることを、幹彦が承知しているのは明白だった。調子よく適当な言葉を並べるわりに、顔だけはいつも正直で、隠し事ができない男。それが千咲の愛した夫、幹彦だった。

千咲が口走りそうになった悲観的な言葉は、幹彦の「なんじゃありゃ」という素頓狂《すっとんきょう》な声に掻《か》き消された。見れば、芝の上を白くて丸っこいものが転がってくる。

「ジョン！」

千咲が声をかけると、それが一目散に近づいてきた。車椅子に乗った千咲の膝に飛び乗る様子を見て、幹彦が「猫、か？」と自信なさげに尋ねた。

「うん。まだ子猫なの」

「へえ。猫ってあんなに長い距離を全力疾走できるんだな」

千咲は真綿のような子猫の毛に頰《ほお》をすり寄せた。幹彦もおっかなびっくり手を伸ばし、小さな額をぐりぐりと搔いてやる。

「あ。左と右で瞳の色が違う。こういうの、何て言うんだっけ？」

「オッドアイ」

千咲は答えながら、白い子猫の軽すぎる体をそっと地面におろした。猫はあくびをしたあと、さっそく芝の上で丸くなる。

「どっかの飼い猫？」

「首輪をしてないし、たぶん地域猫だと思う。家と食事をちゃんと与えてあげたいけど、わたしがこんな体じゃなかなか難しくて――」

「ウチで飼うか？」

躊躇《ちゅうちょ》なく申し出てくれる幹彦の顔をまぶしく見上げ、千咲は首を横に振った。

「これ以上、お世話するものが増えるのは無理でしょ。幹彦さんが壊れちゃう。それに、ジョンはわたしの相棒だから」

「相棒？」

「うん。飼い主にはなれずとも相棒にはなれるんじゃないかって、勝手に思ってるんだ」

そっか、と幹彦はうなずき、首をかしげた。

「にしても、猫なのに何で〝ジョン〟？　犬みたいな名前だなあ」

「幹彦さんが大好きなビートルズのジョン・レノンから拝借したのよ」

千咲は笑って打ち明けると、幹彦を見つめた。

「わたしの骨は海に撒《ま》いて。海からなら、みんなの未来をずっと見ていられる気がする」

言葉が終わる前に、千咲は車椅子ごと幹彦に抱きしめられていた。

「骨とかそんなこと言うなよ、マキちゃん」

幹彦が無意識に口にした昔の呼び名に、千咲は微笑《ほほえ》む。細めた目の先の海に、幹彦とははじめて言葉を交わした日が映しだされた。

──あのぉ、お姉さんのお名前、聞いてもいいかなあ？

生姜《しょうが》焼き弁当を片手に持ったサラリーマンが、まっすぐ自分を見つめていた。仕立てのいいスーツを着て、屈託《くったく》のない笑顔を浮かべた青年だ。千咲のほうは百パーセントの警戒心で対応した。

──マキです。

──マキちゃん。いい名前だね。

彼女の名前は、牧《まき》千咲。つまりマキは苗字《みょうじ》だったが、千咲はサラリーマンが勝手に勘違いするのにまかせ、訂正しなかった。軽すぎる彼との接点が、やがて線を描き、面を作り、むくむくと厚みのある立体になるとは夢にも思っていなかったから。

「まだ出るね、〝マキちゃん〟呼び」

「梢が生まれるまで、ずっとそう呼んでたからさあ。癖《くせ》になっちゃって」

照れくさそうに猫背をさらに丸める幹彦に、千咲は言った。

「そろそろ部屋に戻ろうかな」

「オッケー」

幹彦が慣れた手つきで車椅子のブレーキを解除し、押してくれる。千咲達の気配が動き、ジョンは薄目をあけたが、特に追いすがることもなく、ふたたび眠りに落ちた。

千咲は背中に海を感じながら、軽く目をつぶった。

明日も庭に出て、七里ヶ浜の海と空が見られますように。生きている人や動物達と言葉が交わせますように。娘達の成長を知れますように。

春の霞《かすみ》のなかを今、千咲の願いがゆっくり立ちのぼっていった。

本書は、ハルキ文庫のための書き下ろし作品です。

Haruki Bunko
ハルキ文庫

な 17-5

七里《しちり》ヶ浜《がはま》の姉妹《しまい》

著者 名取佐和子《なとりさわこ》

2019年12月18日第一刷発行

発行者 角川春樹

発行所 株式会社角川春樹事務所
〒102-0074 東京都千代田区九段南2-1-30 イタリア文化会館

電話 03(3263)5247(編集)
03(3263)5881(営業)

印刷・製本 中央精版印刷株式会社

フォーマット・デザイン 芦澤泰偉
表紙イラストレーション 門坂 流

ISBN978-4-7584-4310-4 C0193 ©2019 Sawako Natori Printed in Japan
http://www.kadokawaharuki.co.jp/[営業]
fanmail@kadokawaharuki.co.jp[編集] ご意見・ご感想をお寄せください。

名取佐和子の本

金曜日の本屋さん

「北関東の小さな駅の中に“読みたい本が見つかる本屋”があるらしい」というネット上の噂を目にした大学生の倉井史弥。じつは病床の父に以前借りた本を失くしてしまっていて……。藁にもすがる思いで、噂の駅ナカ書店〈金曜堂〉を訪ねた彼を出迎えたのは、底抜けに明るい笑顔の女店長・南槙乃。倉井は南に一目惚れして——。

金曜日の本屋さん
夏とサイダー

“読みたい本が見つかる”と評判の駅ナカ書店〈金曜堂〉は、アルバイトの倉井以外全員が、地元・野原高校出身者。その金曜堂に、夏休みを前に現役野原高生・東膳紗世が訪ねてきた。卒業アルバムで見た店長の槙乃をはじめとする「読書同好会」メンバーに憧れ、会を復活させたいのだという。人と本との出会いを描くシリーズ第2作。